9
고블린 슬레이어
GOBLIN SLAYER!
He does not let anyone roll the dice.
© 2018 Noboru Kannatuki

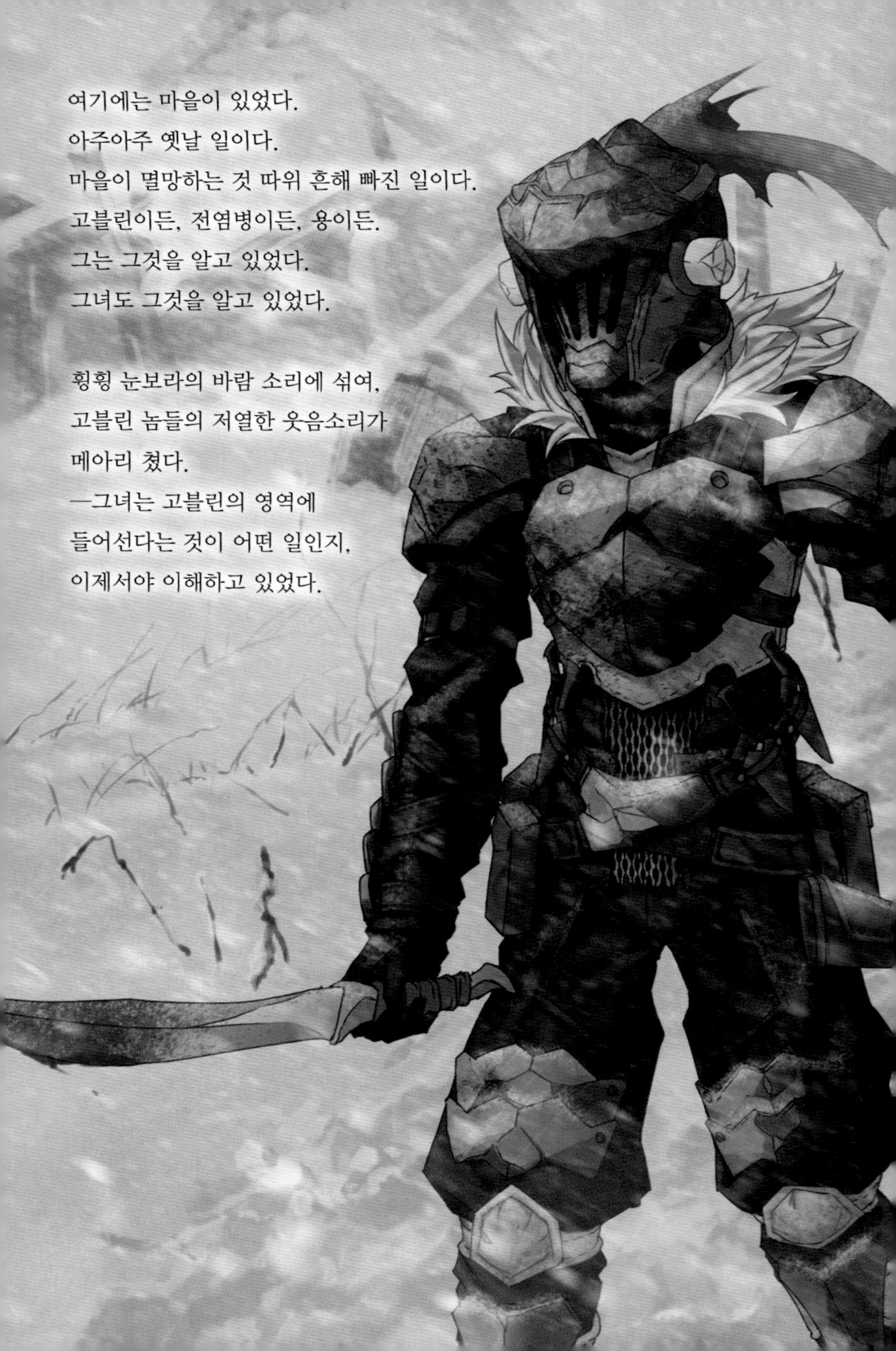

여기에는 마을이 있었다.
아주아주 옛날 일이다.
마을이 멸망하는 것 따위 흔해 빠진 일이다.
고블린이든, 전염병이든, 용이든.
그는 그것을 알고 있었다.
그녀도 그것을 알고 있었다.

휭휭 눈보라의 바람 소리에 섞여,
고블린 놈들의 저열한 웃음소리가
메아리 쳤다.
—그녀는 고블린의 영역에
들어선다는 것이 어떤 일인지,
이제서야 이해하고 있었다.

Contents

GOBLIN SLAYER!

He does not let anyone roll the dice.

고블린 슬레이어

GOBLIN SLAYER!

He does not let anyone roll the dice.

9

저자 카규 쿠모

일러스트 칸나츠키 노보루

고블린 슬레이어

인물 소개

CHARACTER PROFILE

—그러니까 나는,
놈들 입장에서 고블린이다.

고블린 슬레이어

Goblin Slayer

변경 도시에서 활동하는 별난 모험가. 고블린 토벌만 해서 은 등급(서열 3위)까지 올라간 희귀한 존재.

—지키고, 치유하고, 구하라.
『지모신의 세 마디 성스러운 구절』

여신관

Priestess

고블린 슬레이어와 콤비를 짠 마음씨 고운 소녀.
고블린 슬레이어의 무모한 행동에 휘둘리고 있다.

—무지한 자들이야말로
행복한 것이다.
알게 되는 것은 가장 커다란
기쁨이니까. 『엘프의 격언』

엘프 궁수

High Elf Archer

고블린 슬레이어와 모험을 함께 하는 엘프 소녀.
탐색자(레인저) 역할을 맡고 있는 굉장한 솜씨의 활잡이.

—그녀에게 중요한 것은,
언제나 날씨, 가축, 작물과
그 사람이다.

소치기 소녀

Cow Girl

고블린 슬레이어가 묵고 있는 목장에서 일하는 소녀.
고블린 슬레이어의 소꿉친구.

—펜과 종이도 없이, 어떻게
모험을 할 수 있을까요?

접수원 아가씨

Guild Girl

모험가 길드에서 일하는 여성.
고블린 퇴치를 솔선해서 하는 고블린 슬레이어 덕분에 언제나 마음의 짐을 덜고 있다.

드워프 도사 Dwarf Shaman

고블린 슬레이어와 모험을
함께 하는 드워프 술사.

리자드맨 승려 Lizard Priest

고블린 슬레이어와 모험을
함께 하는 도마뱀 수인 승려.

중장 전사 Heavy Warrior

변경 도시의 모험가 길드에
소속된 은 등급 모험가.
여기사를 포함한 변경 최고의
파티를 이끌고 있다.

마녀 Sorceress

변경 도시의 모험가 길드에
소속된 은 등급의 모험가.

창잡이 Lancer

변경 도시의 모험가 길드에
소속된 은 등급의 모험가.

검의 처녀 Sword Maiden

물의 도시에 있는 지고신 신전의
대주교. 과거에 마신왕과 싸운
금 등급의 모험가이기도 하다.

제1장 『파멸의 예감』

Goblin Slayer
He does not let anyone roll the dice.

하얀 눈 속에 검붉은 것이 파악 흩어졌다.

"GOROBOGO?!"

탁한 비명— 사람의 것이 아니다. 추악하고 뒤틀린, 고블린의 목소리다.

휘몰아치는 바람에 섞여서 고블린이 버둥버둥 손을 흔들었다. 하얀 칼날이 얼음처럼 차갑게 달렸다.

기악 소리가 한 번 나더니, 그 뒤로 아무것도 들리지 않게 됐다.

—아니.

빙설의 장막 너머에서, 거침없는 걸음으로 나아가는 그림자가 하나.

모험가다.

싸구려 철 투구, 지저분한 가죽 갑옷, 팔에는 자그마한 원형 방패를 고정했고, 어중간한 길이의 검을 쥔 모험가.

온몸에 피가 튀고 눈이 쌓여 홍백의 얼룩무늬에 물든 채, 지금 막 목숨을 빼앗은 남자는 태연하게 말했다.

"다섯."

자비롭고도 냉혹하며 아름다운 빙설의 무용수. 정령들은 이미 모든 주검을 뒤덮어 감추고 있었다.

아니, 그녀들에게는 순백이야말로 아름다운 법. 그저 세상을 덧칠하는 것뿐일지도 모른다.

어쨌거나, 새롭게 만들어진 시체도 곧 눈의 베일이 지워버릴 것이다.

살아있다면 모를까, 애당초 그에게는 죽은 고블린 따위 사소한 일이다.

주변 경계를 꼼꼼하게 하면서, 소리도 없이 내리는 눈 속을 걸어간 그는 역시 낮은 목소리로 말했다.

"간다."

"으, 응…………윽."

응답하는 소리는 가녀리고, 떨리고, 억지로 땅에 내던진 공처럼 튀고 있었다.

눈 속에서, 필사적으로 그의 등을 좇아가던 소녀가 창백한 표정으로 뒤를 따랐다.

붉은 머리의 풍만한 몸을 가진 소녀다. 떨고 있는 것은 딱히 추위에 얼었기 때문만이 아니다.

"괘, 괜찮아…………?"

"문제없다."

그렇게 말한 그는, 조금 생각하고서 그제야 생각난 것처럼 덧붙였다.

"나도, 주변도."

"그렇, 구나……."

"괜찮나?"

안도 따위 할 수 없는 상황이다. 그렇지만 그녀는 굳어진 볼을 억지로 풀었다.

평소 짓는 웃음과는 도저히 닮은 구석이 없는, 그런 웃음이었다.

"응, 괜찮아. …………멀~쩡해."

그는 고개를 끄덕이고, 허리를 낮추며 방심하지 않고 걸었다. 그녀는 그 뒤를 총총히 따라갔다.

주위의 낌새를 쉴 새 없이 살피는 모습을 보면, 두려움을 미처 감추지 못하고 있었다.

발치의 목재에 발이 걸린 그녀는 몸을 움찔 떨었다.

눈 아래에는 여기저기에 삭은 나무가 있었다. 돌도. 아마 사람의 뼈도.

여기에는 마을이 있었다. 아주아주 옛날 일이다.

딱히 그와 그녀가 살고 있던 마을이었던 것은 아니다.

그 마을은 이미 평지가 되어, 훈련장 건설이 진행되고 있었다.

마을이 멸망하는 것 따위 흔해빠진 일이다. 고블린이든, 전염병이든, 용이든.

그는 그것을 알고 있었다. 그녀도 그것을 알고 있었다.

그는 이해하고 있었지만, 그녀는 아직 실감하지 못했다.

휘이잉휘이잉 눈보라의 바람 소리에 섞여서 고블린 놈들의 저열한 웃음소리가 메아리 쳤다.

그래서— 그녀는, 고블린의 영역에 들어선다는 것이 어떤 일인지, 이제서야 이해하고 있었다.

§

"눈이네—."

모험가 길드의 창이, 하얗게 물들어 있었다.

엘프의 눈에 그것은 빙설의 소녀들이 춤추는 것처럼 보일 것이다.

팔꿈치를 짚어 턱을 괴고서 기다란 귀를 흔들며 바깥을 바라보는 엘프 궁수는, 기쁜 기색으로 볼이 풀어져 있었다.

"역시 겨울은 이래야지. 춥고, 차갑고, 바람도 휭휭 불지만."

"소승으로서는, 식어갈수록 혈맥과 함께 사멸할 것만 같네만."

그에 비해서 리자드맨 승려는 난로에 딱 달라붙어서 떨어질 생각이 없어 보였다.

다른 모험가들이 저 멀리서, 그러나 「어쩔 수 없네」라며 지켜보는 것도 당연한 일이다.

어쨌든지 이 험상궂은 리자드맨이 변경 도시를 찾아온 지 벌써 2년 가까이 되어간다.

질겁한 표정을 짓는 것은 요즘 들어서 길드에 등록한 신참들뿐이다.

"뭐냐, 단련이 부족하군!"

눈 속을 뛰어다니는 개처럼 상기된 표정으로, 여기사가 문을 열어젖히며 뛰어 들어왔다.

등 뒤에는 지긋지긋하단 표정의 중장전사와, 소년 척후(스카우트)에 하프 엘프 검사가 따르고 있었다.

온몸이 눈 투성이가 된 걸 보니, 여기사의 훈련에 억지로 어울린 모양이다.

소녀 무술사(드루이드)가 데운 포도주를 바삐 날라주자, 여기사는 태연하게 받았다.

"세상에는 금강석 용(다이아몬드 드레이크)이라는 것도 있다는데!"

"신들의 영역은 아직 먼 곳이라네."

애절하게 턱에서 한숨을 흘린 리자드맨 승려가 슬금슬금 난로로 다가갔다.

"데……워, 줄……까?"

보다 못한 기색— 이라지만 평소의 울적한 분위기를 바꾸지 않고 마녀가 손가락 끝에 불을 붙이며 말했다.

불덩이를 발사하는 것처럼 그것을 훌쩍 던지자 난로의 불에 번져서 단숨에 불꽃으로 변했다.

"오오, 이거 고맙군……!"

기묘한 합장을 하며 여신을 섬기듯 답례하는 리자드맨 승려에게, 마녀는 목 안쪽에서 키득 웃음을 지었다.

그녀가 살며시 손짓한 것에 따른 것은 아니겠지만, 창잡이가 옆에 풀썩 앉았다.

"종족 차이가 크면 힘들겠구만."

마셔. 저그 잔에 넘실거리도록 따른 벌꿀주(미드)를 내밀었다.

"음……."

"치즈하고는 다르겠지만 『진미!』는 틀림없잖아."

"으으음."

그것을 단숨에 벌컥 들이켜고, 리자드맨 승려는 생각에 잠긴 기색으로 후우, 숨을 내쉬었다.

"풍취는 다르군……."

"넌 묘하게 혀가 사치스럽더라. 가리는 건 좋지 않거든."

"하하하하하, 어쨌든 소승은 육식이 아니겠는가? 풀잎을 먹을 수는 없다네."

그렇게 농담이 튀어나오는 걸 보니, 아까보다는 몸이 데워진 모양이다.

컨디션이 돌아온 것으로 본 엘프 궁수가 「어머」 하면서 싱글싱글 그 등을 찔렀다.

"어머, 그러면 우리는 어떤데?"

"그야 민들레를 주워 먹지 않느냐? 미식가하고는 거리가 한~참 머니라."

주방에서 훌쩍 고개를 내밀며 말한 드워프 도사에게, 엘프 궁수가 「으키이!」 하며 기다란 귀를 곤두세웠다.

"잠깐, 드워프. 그거 종족 차별이야!"

"고기를 먹거라, 고기를. 그러니 수백 년을 살면서도 계속 모루인 것이거늘."

"바보 취급하지 마!"

엘프 궁수는 분연하게 빈약한 가슴을 내밀었다.

"2천 년이야!"

"자랑이 못 되잖느냐."

기가 막힌 기색으로 하얀 수염을 매만지고, 드워프 도사가 주점의 중앙 탁자에 커다란 냄비를 날랐다.

안에는 양배추, 감자, 소시지, 베이컨이 잔뜩 들어 있고 부글부글

끓고 있었다.

"이 몸의 특제야!"

주방을 보니 수인 여급이 외치며 커다랗게 팔을 치켜들고서 엄지를 세우고 있었다.

"수인 전골 레아 레시피!"

"……의 드워프 풍미라고 하는게지. 자, 먹거라. 먹어."

덜컥 놓은 그 냄비에서 모락모락 김이 피어올랐다.

굶주림과 추위에 웅크리고 있던 신참 전사와 수습 성녀가 먹고 싶은 표정으로 다가왔다.

두 사람은 이제서야 쥐 퇴치를 탈출했지만, 아직도 생활은 어려운 상태였다.

"괜찮을까?"

"……괜찮지 않아?"

조심조심 다가오는 두 사람에게 드워프 도사가 호쾌하게 그릇을 내밀었다.

따끈따끈 김이 피어오르는 그 요리에 소년소녀는 얼굴을 마주보더니 곧장 달려들었다.

"오냐. 듬뿍 먹어라. 듬뿍."

그리고………….

"푸, 아……하."

마치 강아지가 밖에서 굴러들어오는 것처럼, 가녀린 몸이 길드에 뛰어 들어왔다.

몸을 부들부들 떨면서 케이프에 묻은 눈을 털어내는 소녀. 여신관이었다.

"호오."

그녀는 곱은 양손에 숨을 불면서, 따스한 공기에 안도의 숨을 내쉬었다.

"지금, 돌아왔습니다……."

"어서와~."

엘프 궁수가 훌쩍 손을 흔들었다.

"신전은 어땠어?"

"역시 올해는 추우니까요. 독감이 유행하는 모양이라……."

여신관이 말하며 울적하게 눈썹을 찌푸렸다.

올해 겨울은 괜히 더 춥다.

빙설의 정령이 신이 난 것뿐이라면, 자연의 범주.

지모신을 섬기는 자로서는 받아들이고, 분노도 한탄도 없이 그저 대처하는 것 말고는 길이 없지만…….

병으로 쓰러진 사람들의 대처에 이미 신전을 나선 여신관까지 불려가는 것은 다소 문제가 있다.

설령 당사자가 아무런 의문도 없이「그저 그런 법」이라고 생각한다 해도.

"흑사병이나 서방 감기가 아니면 좋겠노라만."

드워프 도사가 말하며「옜다」하고 그릇에 전골을 담아 여신관에게 내밀었다.

"고맙습니다."

눈앞의 뜨끈한 요리를 보고 눈웃음 지은 여신관이 양손으로 받아한 입.

"……맛있어요."

무심코 흘린 말은 거짓 없는 진심이었다. 몸의 중심에 열이 파고들어 참으로 행복했다.

—후추일까요?

혀끝이 따끔한 것은 아마도 분명 그 때문이다.

여신관이 고개를 끄덕끄덕하면서 다시 한 입 홀짝이고, 그리고서 퍼뜩 주위를 둘러보았다. 눈동자가 흔들렸다.

"저기, 고블린 슬레이어 씨는……?"

"맨 먼저 오르크볼그부터 찾는 거구나."

기가 막혀. 그렇게 말하고 싶은 기색으로 엘프 궁수가 말하자, 여신관이 부끄러운 기색으로 얼굴을 붉히며 고개를 숙였다.

"고블린 슬레이어 씨라면 오늘은 안 오셨어요."

여신관이 바라는 대답은 주점 안이 아니라 길드의 사무소 쪽에서 들렸다.

하루 일을 마친 접수원 아가씨가 돌아갈 채비를 갖추고 고상한 코트를 입으면서 나타난 것이다.

"일, 인가요?"

"네, 그래서 오늘은 저도 일찍 들어가요."

일어선 창잡이를 마녀가 억지로 앉히는 것을 외면하면서, 접수원이 키득 웃었다.

"이 추위 탓에 겨울을 못 넘기는 마을이 있어서요. 식량을 융통하려고 배달을 가셨죠."

"그러면…… 목장 분이랑?"

여신관은 고블린 슬레이어와 동거하고 있는 밝은 소녀의 모습을 뇌리에 떠올렸다.

마녀나 검의 처녀 같은 연상의 여성을 동경하는 그녀지만, 소치기 소녀에게도 생각하는 바가 있었다.

그녀처럼 자연스럽게 행동하는 것은 제법 어려운 일이다.

"네, 조금 먼 곳이니까 며칠은 안 돌아올 거라고 생각해요."

"그런가요……."

접수원이 조금 쓸쓸한 기색으로 말하자, 여신관이 고개를 끄덕이고 창 밖으로 눈길을 스윽 돌렸다.

하얀 어둠은 점점 더 짙어지고 있었다.

이 장막 너머에 그가 있고, 자신이 그의 눈이 닿지 않는 곳에 있다고 생각하니…….

—안 되지, 안 돼. 정신 차려야지.

불안하다거나 쓸쓸하다는 감정이 머리를 스치자, 여신관이 머리를 휘휘 흔들었다.

오늘은 이제부터 사원으로 돌아갈 생각이 안 들었다. 바깥에서 투석 연습을 하는 것도 무리였다.

—일단은 할 수 있는 일을 해야죠.

그렇게 생각한 여신관은 「저기」 하면서 사양하는 기색으로, 그러나 확실하게 접수원에게 말을 걸었다.

"괜찮으면, 또 몬스터 매뉴얼(괴물 사전)을 빌려주실 수 있을까요?"

"어머, 열심이네요."

접수원이 미소를 지었다.

"네, 잠시만 기다려 주세요."

그리고 바지런하게 안으로 총총 달려가는 등을 배웅하면서 한숨.

여신관은 씨익 웃으며 이쪽을 보는 엘프 궁수에게 힐끔 눈길을 돌렸다.

"뭐, 뭔데요?"

"따스한 시선이라는 거야."

아닌 것 같아요. 여신관이 난처한 기색으로 중얼거렸지만, 하이 엘프는 신경 쓰는 기색이 없었다.

"나는 안 된다니까. 그런 거 거북해. 분명히 읽어도 유명한 것만 볼 걸."

드래곤이나, 거인이나, 흡혈귀나.

손가락을 꼽아 세어본다. 들어보니 확실히 여신관도 이름은 들어본 적이 있는 괴물들이었다.

그래서 그녀는 그 이상 아무 말 없이 접수원이 돌아오는 것을 가만히 기다리기로 했다.

맨 먼저 고블린의 항목을 읽은 다음, 자연스럽게 그 괴물들에 대해 맨 먼저 읽어버리게 되었는데…….

어쩐지 대단히 부끄러워서, 그녀는 건네받은 사전의 항목을 조심조심 숨기면서 읽어나가기로 했다.

§

“아앙, 정말, 싫어어!”

예상대로 비명을 지르며 집으로 뛰어 들어온 조카에게, 목장 주인은 그럴 줄 알았다는 듯 고개를 끄덕였다.

“그래서 말했잖니. 그런 차림은 관두라고.”

“그치만…….”

힘없이 항변하는 소치기 소녀는 보기 드물게 당장이라도 울 것 같은 표정을 짓고 있었다.

평소하고 다른 것은 표정뿐이 아니다. 그녀가 입은 의상도 그랬다.

어깨를 크게 드러내고, 레이스로 장식된 셔츠.

코르셋으로 허리를 조여서 가슴을 강조하고, 붉은 겉감이 달린 긴 스커트.

작업복은 물론, 축제 때 입은 드레스하고도 다르다. 틀림없는 외출복이었다.

그렇지만. 목장 주인은 바보 같은 짓을 한 딸을 꾸짖는 어조로 말했다.

“지금은 겨울이고, 눈도 내리고 있지 않니.”

“기, 기껏 새로 샀는걸…….”

입술을 삐죽거리며 말하지만, 현재 상황을 긍정할만한 설득력이 없었다.

의기양양하게 뛰쳐나가자마자 어깨를 떨며 스커트 자락을 붙들고서 돌아왔으니…….

춥고, 스커트는 다리에 바람이 드는데다 옷자락이 눈과 진흙으로 더러워질 것 같았으며, 그리고 추웠다.

"그러면…… 입고 싶잖아?"

그 결과가, 스커트 자락을 올리고 반쯤 울면서 뛰어 들어오는 꼴사나운 모습이었다.

목장 주인은 그저 기가 막히는 수밖에 없었다.

"입고서 감기라도 걸리면 어떡할 거니."

괜한 멋이 들어서— 라고, 목장 주인은 한순간 생각했지만 그것을 굳이 탓하는 짓은 하지 않았다.

지금까지 그런 것마저도 거의 없었던 애다.

꾸미기, 외출, 또래의 소녀다운 일은 대환영이다. 문제는…….

—그 상대란, 녀석이.

목장 주인은 조카가 의도를 눈치 못 채도록 살며시 숨을 내쉬었다.

"아래는 스커트가 아니라 승마 바지라도 입어라. 위에는 외투도 입고."

"네에……."

풀이 죽어 늘어진 기색으로, 조카는 자기 방으로 들어가 버렸다.

목장 주인은 달칵 닫힌 문에서 창밖으로, 눈이 내리는 가운데 서 있는 갑주 차림을 보고 다시 한 번 한숨을 쉬었다.

§

고블린 슬레이어는 사락사락 내리는 눈을 보고 있었다.

짐을 산더미처럼 싣고서, 드물게 말에 매었다. 짐마차 옆에서 하늘을 올려다보면서…….

"……."

철 투구 틈으로 새어 나오는 호흡이, 하얀 김이 되어 회색 구름을 향해 올랐다.

딱히 눈에 대해서 무슨 추억이 있다— 는 것은 아니다.

눈 내린 산에서 스승에게 배운 것들은 추억이라고 하기에는 지나치게 치열했다.

지금 그가 생각하는 것은 눈을 헤치는 행군의 어려움, 위험성, 그리고 고블린에 대해서.

짐, 말, 그리고 그녀를 호위한다. 고블린과 마주치면 어떻게 대처하면 좋을까?

—동료를 부를까?

그가 파티를 동료로 생각하는 것에 대한 위화감은 이제 상당히 흐려졌다.

그러나 이번 안건은 의뢰라고 하기에는 비공식이고, 한식구의 부탁에 가깝다.

—그러면, 괜찮겠지.

"기다렸지!"

문득 밝은 목소리가 눈 속에서 튕기며 닿았다.

돌아보니, 헉헉 하얀 숨결을 가쁘게 내쉬며 소치기 소녀가 이쪽으로 달려오고 있었다.

다 드러낸 어깨로 보이는 피부는 추위 속에서도 빨간 피가 타오르고 있었다.

그것을 추위에서 가리듯 달리면서 외투를 입고, 그녀는 후드를 삭, 썼다.

"어때?"

"춥지 않다면, 괜찮겠지."

"그렇구나."

뭐가 즐거운지, 그녀는 고블린 슬레이어에게 옷을 보여주듯 그 앞에서 빙글빙글 돌았다.

"아래는."

그는 아까와 다른 것을 깨닫고 짧게 말했다.

"그거면 되나?"

"아아, 바지? ……응."

소치기 소녀가 고개를 끄덕였다.

"스커트가 더 좋아?"

"어느 쪽이 좋나."

낮고 짧으며, 무뚝뚝한 목소리. 소치기 소녀는 으음, 하면서 손가락 끝을 만지작거리며 생각했다.

"스커트는, 좀 무거우니까. 그리고 좀 추워. 다리가."

"그러면 바지겠군."

"하지만, 스커트가 귀엽잖아."

"……잘 모르겠다."

그렇게 말하면서, 고블린 슬레이어는 마부석으로 훌쩍 뛰어 올랐다.

말의 고삐를 오른손에 쥐고, 빈 왼손을 소치기 소녀에게 내밀었다.

"타라."
"아, 응."
소치기 소녀의— 소녀치고는 다소 커다란 억센 손이 가죽 장갑에 뻗었다.
고블린 슬레이어는 말없이 손을 강하게 붙잡고 마부석으로 훌쩍 끌어올렸다.
"에헤헤."
약간 큼직한 엉덩이를 그의 옆에 사삭 붙이고, 소치기 소녀는 웃었다.
"아, 도시락 같은 건……?"
"네가 만든 것 말인가."
"응."
고블린 슬레이어가 묻자 소치기 소녀가 수긍했다.
"챙겼다."
"그럼, 괜찮네."
소치기 소녀는 풍만한 가슴을 자랑스럽게 내밀며 고블린 슬레이어의 팔을 가볍게 두드렸다.
철 투구가 살며시 위아래로 흔들리고, 고삐가 짝 소리를 내면서 흔들렸다.
말이 높이 울고서 발굽을 앞으로 옮긴다. 짐마차의 바퀴가 덜컹덜컹 돌아가고, 눈에 바퀴자국을 새기기 시작했다.
식량난이라는 마을까지 고작해야 며칠.
그저 배달이다. 그 이상도 이하도 아니다.

세상에는 괴물이 날뛰고, 도적이 판을 친다. 안전한 여행 따위 없다.

그러나 그것은 늘 있는 일— 아무 변화도 없는, 극히 평범한 일이다.

모험이 아니다. 그냥 배달이다.

고블린 슬레이어마저도, 그렇게 생각하고 있었다.

§

눈은 계속 내린다.

하얀색으로 물들어가는 세상에 덜컹덜컹 바퀴 소리만 울렸다.

그 소리의 근원, 세상에 점 하나가 번지는 것처럼 보이는 검은 그림자— 짐마차 위에서.

묵묵히 고삐를 다루는 고블린 슬레이어 옆에서 그녀는 아무 말도 하지 못하고 있었다.

—그렇다기보다, 뭘 말해야 좋을지…….

생각해 보면 그와 이렇게 여행을 하는 — 고작 며칠이라도 — 일은 처음이었다.

지난번 엘프 궁수의 고향으로 놀러 갔을 때하고는 다르다.

평소에 매일 같이 함께 배달을 가는 것하고도 다르다.

—신기하네에.

소치기 소녀는 어쩐지 무릎을 끌어안는 것처럼 고쳐 앉고서 숨을 내쉬었다.

도시에 있는 동안에는 언제든지 계속 함께 있었다는 생각마저 드는데.

결국 그녀는 이렇게 입을 다문 채, 그의 옆모습을 바라보기만 했다.

그것도 평소와 마찬가지로 표정을 알 수 없는 철 투구긴 하지만…….

—어떤 표정을 짓고 있을까……?

"어이."

"후엣?!"

생각에 잠겨 있는데 갑자기 말을 걸자, 소치기 소녀는 움찔 어깨를 떨었다.

"뭐, 뭔데?!"

"춥지는 않나."

"어, 아, 아…… 어, 응. ……멀쩡해."

"그런가."

소치기 소녀가 고개를 끄덕이자 그걸로 대화가 끊어졌다.

다시 잠시 동안, 바퀴와 차륜이 덜컹덜컹 스치는 소리만 가도에 울렸다.

소치기 소녀는 풍만한 가슴 앞에서 손가락을 꼬물꼬물 만지작거렸다.

숨을 들이쉬고, 내쉰다. 기회를 놓치면 앞으로도 계속 이 상태다.

"이, 있잖아."

"뭔가."

목소리는 짧고 낮았다.

그것이 평소와 같은 목소리라는 걸 알고는 있지만, 한순간 겁을 먹고 만다.

"그러니까……."

말이 목에 걸려서 입을 닫고, 다시 열었다.

"펴, 평소에는, 무슨 이야기를…… 해?"

"평소에."

"모험에 갔을 때, 라든가. ……저기, 다른 사람들이랑?"

그는 낮게 신음하고, 금세 대답하지 않았다. 말을 찾는 것이다. 늘 있는 일이다.

그러나, 돌아온 대답은 짤막했다.

"……딱히."

그렇구나. 소치기 소녀가 중얼거리고 고개를 숙였다.

눌러쓴 후드에 눈이 쌓여서 냉기가 슬금슬금 몸을 찌른다.

지독하게, 춥다.

"………………내가."

"어."

문득 조용히 중얼거린 말에 소치기 소녀가 눈을 깜빡거렸다.

"내가, 무슨 이야기를 하는 건, 서투르다."

"……응."

알아. 소치기 소녀는 고개를 끄덕였다. 옛날에는 어땠더라? 하지만, 지금은 그렇다. 잘, 알고 있었다.

"그러니까."

그는 조금 말을 멈추었다.

"그러니까…… 다른 사람들 이야기를 듣고서, 대답한다."

"……그렇구나."

소치기 소녀는 그에게서 살며시 눈길을 떼고 하늘을 올려다보았다.

흐린 하늘의 회색 구름에서 두 사람을 향해 사락사락 떨어지는 하얀 눈.

내쉬는 숨이 김이 되어, 그 속으로 두둥실 뒤섞이며 떠올라 흘렀다.

"……그럼 말야."

"그래."

하늘을 올려다보고 눈을 반복해서 깜박이면서, 소치기 소녀는 그를 곁눈질로 힐끔 보았다.

"내가…… 이야기해도 돼? 그게…… 뭐든지."

"그래."

같은 말로, 대답이 두 번.

그러나 소치기 소녀의 표정은 확 밝아졌다.

"그, 그러면, 저기……! 요전에, 쉬는 날에 말야!"

"음."

"접수원 씨랑, 같이 놀았어. 저기, 탁상연습이라는 건데……."

그것은 이웃에 사는 소년에게 자랑하는 것 같은 말투였다.

별 것 아닌 이야기다. 딱히 무언가, 특별한 일이 있었던 것이 아니다.

놀이로 던진 주사위의 눈이 좋고 나쁘고. 나날의 날씨와 작물, 목장의 가축들.

그가 없는 사이에 도시에서 일어난 일. 다른 모험가들의 모습.

밝은 목소리가 눈을 튕기고 바퀴 소리에 섞여서 사라진다.

공기는 여전히 차갑지만, 소치기 소녀는 이제 신경 쓰이지 않았다.

눈길인 것을 생각해도 마을까지 그렇게 먼 거리는 아니다.

기다리는 사람도 있다. 그러니까 의미도 없이 늦어질 수는 없었다.

하지만, 그래도…….

—조금만 더, 이렇게 지내고, 싶은데…….

그렇게 쑥스러운 생각을 하고서, 소치기 소녀는 고개를 좌우로 흔들었다.

"아, 그렇지. 이제 슬슬 점심이네. 도시락 먹을 거면, 어디 멈춰서—."

끼익. 소리를 내며 짐마차가 멈췄다.

"……? 어, 여기서, 먹어?"

대답이 없었다.

그는 숨이 멎은 것처럼 앞을 똑바로 바라보고 있었다.

이어서 철 투구가 오른쪽으로, 왼쪽으로 재빨리 움직였다.

그녀를 본 걸까? 아니, 달랐다.

그의 시선은 소치기 소녀를 넘어서 그 앞에 쌓여 있는 눈더미 쪽을 향하고 있었다.

"어, 어……?"

"—위험하군."

그가 역겹다는 기색으로 내뱉은 직후였다.

하얀 눈이 땅에서 솟아오르는 것처럼 푸악 흩어졌다.

"—꺅?!"

눈을 깜빡거리는 소치기 소녀의 몸이 옆으로 쓰러졌다.

한순간 전까지 그녀의 머리가 있던 부근, 마부석에 둔탁한 소리를 내면서 뭔가가 박혔다.

—창이야……?!

설원에 굴러 떨어진 소치기 소녀는, 그런데도 별 충격이 느껴지지 않는 것에 의문을 품었다.

아니, 대답은 명백했다. 그의 품속에 있는 자신을 깨닫고서 그녀의 몸이 굳어졌다.

"어, 무, 무슨…… 일…… 윽?!"

"GROORBB!!"

그 탁한 외침이 무엇보다도 웅변적인 대답이었다.

"GBB! GOROB!"

"GROBR!"

뒤집어쓰고 있던 천을 내던지면서 눈 속에서 차례차례 일어서는 그림자, 그림자, 그림자, 그림자.

추악한 얼굴을 욕망으로 일그러뜨리고, 손마다 잡다한 무기를 쥔 괴물.

어린아이 정도의 체격과 잔꾀, 힘을 가진, 사방세계에서 가장 약한 기도하지 않는 자(Non-Prayer).

"고…… 고블린……?!"

"—이쪽이다!"

고블린 슬레이어는 망설이지 않았다. 그는 소치기 소녀의 손을 단단히 붙잡더니 쏜살같이 달렸다.

"마, 말이랑 짐은……?!"

"무리다."

—실수했다.

본래는 공격을 무시하고서 마차를 전속력으로 몰아 고블린 놈들을 뿌리쳤어야 했다.

덕분에— 아니, 그는 사고를 금방 끊었다.

행동 선택의 이유는 명백했다. 그 대답은 자기 손 안에 있었다. 그 이상을 생각할 필요는 없었다.

"하나!"

"GGPPRPBG?!"

고블린 슬레이어는 몸통째로 부딪혀서 자신들을 포위하는 한 마리에게 덤벼들었다.

고블린이 아직 상황에 대응하지 못하는 동안에 뽑아 든 검으로 명치를 찔렀다.

육체구조상 치명적인 부위가 꿰뚫린 고블린은 숨도 쉬지 못하고 절명했다.

그 시체를 걷어차 검을 뽑고, 고블린 슬레이어는 멈추지 않고 계속 달렸다.

"GOR! GOBG!"

"GBBGR!"

"힉?!"

날아다니는 자갈, 고블린의 함성, 창, 시체. 무엇에 대해서인지는 알 수 없었다.

등 뒤에서 들리는 겁먹은 비명에 고블린 슬레이어는 움켜쥔 손에 힘을 넣었다.

왼손의 방패를 쓸 수 없다. 등 뒤도 위태롭다. 주의경계, 헤쳐나간다. 어느 정도 확률일까?

머리 위에서 주사위가 구르는 소리가 들린 것 같았다. 《숙명》도 《우연》도 빌어처먹을.

눈 속에서 산 채로 잡아먹히는 말의 단말마가 울려 퍼졌다.

고블린 슬레이어는 등 뒤를 힐끔 보았다. 당장 울 것 같은 그녀의 표정이 보였다.

계속 달리는 그에게 이것 말고 다른 길은 없었다.

"저, 저기, 저 애가……!"

그 손을 잡아끄는 그녀의 떨리는 목소리.

"죽어버려……?"

고블린 슬레이어는 아무 말 없이 앞을 돌아보고 계속 달렸다.

말하지 않은 것이 아니다. 말하지 못했다.

그녀의 얼굴도 볼 수가 없었다.

고블린 놈들이 말을 약탈하는데 열중하는 것이 고마운 일이다— 라고.

어떤 표정으로 그녀에게 말할 것인가. '철 투구를 쓰고 있다고 뭐가 어쨌다는 건가.

그녀도 말보다는 그녀가— 아니, 그가 위험에 노출되는 것을 바라지는 않으리라.

그것을 열거해가면서 잘난 듯이 부정하는 짓을 어찌 할 수 있을까.

"GOOROBG!!"

그래서 그는 그 모든 것을 눈앞의 고블린에게 쏟아냈다.

동료들에게 뒤쳐지지 않으리라— 나도 득을 보고 싶다면서 달려오는 고블린.

고블린 슬레이어는 그 모습을 보자마자 들어 올린 검을 던졌다.

"?!"

정수리에 검이 돋아난 고블린은 무슨 일이 일어났는지도 모른 채 하늘을 우러르며 쓰러졌다.

"둘!"

고블린 슬레이어는 달리면서 고블린의 허리띠에서 곤봉을 주웠다.

그것은 뼈로 만들어진 것이었다. 아마도 대퇴골— 그것도, 흄(인간)의.

"으……우우……윽!"

소치기 소녀는 치밀어 오르는 것을 견디고, 비어 있는 손을 입가에 대었다.

웅크리고 토할 시간 따위 없다.

대신, 그녀는 그의 손을 꼭 쥐었다.

손을 놓치면 — 그는 그런 짓을 절대로 하지 않겠지만 — 어떻게 되는 것일까?

홀로 남겨질 것 같은 생각이 들어서, 추위가 아닌 이유로 몸이 떨렸다.

"어, 어떡할 거야……?"

소치기 소녀는 그것을 억누르는 목소리로 말했다.

"도시, 는…… 저쪽, 인데?"

"못 돌아간다."

그의 대답은 담담하면서 짧았다.

"고블린 놈들이 매복하고 있다."

"그러면……."

"가까운 곳에 마을이 있었을 거다."

그가 말하고 덧붙였다.

"옛날에."

소치기 소녀는 침을 꿀꺽 삼키고, 그와 함께 말도 삼켰다.

—이렇게 고블린이 있다면.

그 마을은, 괜찮을까?

말해 봤자, 그가 난처해지기만 하는 걸 잘 알고 있었다.

그리고 이렇게 눈이 내린다.

그는 그렇다 치고, 그녀 자신이 걸어서 도시까지 돌아갈 수 있을 것 같지 않았다. 길은 하나다.

—그 애라면.

그와 함께 있는 것이 여신관이라면, 어떻게 했을까?

소치기 소녀는 모험가가 되고 싶다는 생각을 한 적이 없었다.

그러나, 지금, 그녀는 모험가가 아닌 것이 분했다.

만약 그녀가, 모험가였다면…….

"온다!"

"아, 응!"

소치기 소녀는 반쯤 도피하는 생각에서 현실로 돌아왔다.

그의 목소리와 동시에, 탁한 소리가 둘. 눈보라를 넘어서 들렸다.

"GOROGB!"

"GBG! GOOBG!"

—고블린!

모험가 한 사람과 아가씨 한 사람을 보고, 벌써 다 이겼다고 생각하는 것이리라.

저열한 기쁨에 얼굴을 일그러뜨리고 터질 것처럼 욕망을 솟구치며 다가오는 모습.

그것은 소치기 소녀가 보기에도 역겹다. 힉 비명을 지르기에 충분한 모습이었다.

문득 하반신에 미지근한 것이 퍼지는 걸 느끼고, 그녀는 어떻게 해야 할지 알 수가 없어졌다.

그러나, 그는 달랐다.

“셋!”

소치기 소녀의 손을 끌면서 깊게 한 발 파고들어 대상단에서 곤봉을 내리친다.

고블린과 흄은 체격부터 다르다. 팔 길이도, 다리의 길이도, 완전히 다르다.

“?!”

먼 간격을 좁히지 못한 채, 고블린은 머리가 부서져 뇌수를 흩뿌렸다.

눈보라에 금방 뒤덮여 가려지면서 시체가 무너졌다.

대가로 고블린 슬레이어의 손에 있던 곤봉도 부서졌다. 뼈는 무를 때는 무르다.

“GGBBGRO!”

그것을 보고서, 나머지 고블린은 웃음이 짙어졌다.

상대는 이제 무기가 없다. 이겼다. 이 녀석을 죽이고— 아니지, 눈앞에서 이 여자를……!

"?!"

그러나, 그렇게 되지는 않았다.

고블린 슬레이어는 부러진 뼈의 끝으로, 주저 없이 고블린의 눈을 찌른 것이다.

날카로운 뼛조각은 부드러운 안구와 함께 얇은 눈두덩이의 뼈를 꿰뚫어서 고블린의 뇌를 휘저었다.

즉사였다.

얻어맞은 것처럼 몸부림치면서 설원에 쓰러져 계속 경련하는 고블린.

그 시체의 손을 짓밟아 부수고 검을 빼앗더니, 그는 숨을 골랐다.

"갈 수 있나?"

"……괜, 찮아. ……아마."

뭐가 괜찮은지, 소치기 소녀는 알지 못했다.

자신이 터무니없이 한심한 표정과 꼴이란 것은 알 수 있었다.

"간다."

그것을 깨달았을 텐데, 그는 아무 말도 해주지 않는다.

—아마도, 배려다.

"응."

소치기 소녀는 사라질 것처럼 작은 소리로 고개를 끄덕이고 그의 손을 고쳐 쥐었다.

그 손을 놓는 일은 생각도 할 수 없었다.

그것은 분명, 훨씬 옛날부터 그랬다.

"GOROBG!!"

또 다시 역겨운 외침이 울려 퍼졌다. 그는 그것을 진작에 깨달았을 것이다.

소치기 소녀의 손을 끌면서 나아가, 눈에 뒤섞여 다가오는 자에게 주저 없이 옆으로 검을 휘둘렀다.

하얀 눈 속에 검붉은 것이 파악 흩어졌다.

"GOROBOGO?!"

탁한 비명— 사람의 것이 아니다. 추악하고 뒤틀린, 고블린의 목소리다.

휘몰아치는 바람에 섞여서 고블린이 버둥버둥 손을 흔들었다.

하얀 칼날이 얼음처럼 차갑게 달렸다.

기악 소리가 한 번 나더니, 그 뒤로 아무것도 들리지 않게 됐다.

—아니.

싸구려 철 투구, 지저분한 가죽 갑옷, 팔에는 자그마한 원형 방패를 고정했고, 어중간한 길이의 검을 쥔 모험가.

온몸에 피가 튀고 눈이 쌓여 홍백의 얼룩무늬에 물든 채, 지금 막 목숨을 빼앗은 남자는 태연하게 말했다.

"다섯."

자비롭고도 냉혹하며 아름다운 빙설의 무용수. 정령들은 이미 모든 주검을 뒤덮어 감추고 있었다.

아니, 그녀들에게는 순백이야말로 아름다운 법. 그저 세상을 덧칠하는 것뿐일지도 모른다.

어쨌거나, 새롭게 만들어진 시체도 곧 눈의 베일이 지워버릴 것이다.

살아있다면 모를까, 애당초 그에게는 죽은 고블린 따위 사소한 일이다.

주변 경계를 꼼꼼하게 하면서, 소리도 없이 내리는 눈 속을 걸어간 그는 역시 낮은 목소리로 말했다.

“간다.”

“으, 응…………윽.”

응답하는 소리는 가녀리고, 떨리고, 억지로 땅에 내던진 공처럼 튀고 있었다.

소치기 소녀는 창백한 표정을 지은 채, 그의 등을 좇아 필사적으로 뒤를 따랐다.

“괘, 괜찮아…………?”

“문제없다.”

그렇게 말한 그는, 조금 생각하고서 그제야 생각난 것처럼 덧붙였다.

“나도, 주변도.”

“그렇, 구나…….”

“괜찮나?”

안도 따위 할 수 없는 상황이다. 그렇지만 그녀는 굳어진 볼을 억지로 풀었다.

평소 짓는 웃음과는 도저히 닮은 구석이 없는, 그런 웃음이었다.

“응, 괜찮아. …………멀~쩡해.”

그는 고개를 끄덕이고, 허리를 낮추며 방심하지 않고 걸었다. 그녀는 그 뒤를 총총히 따라갔다.

주위의 낌새를 쉴 새 없이 살피는 모습을 보면, 두려움을 미처 감추지 못하고 있었다.

발치의 목재에 발이 걸린 그녀는 몸을 움찔 떨었다.

눈 아래에는 여기저기에 삭은 나무가 있었다. 돌도. 아마 사람의 뼈도.

여기에는 마을이 있었다. 아주아주 옛날 일이다.

딱히 그와 그녀가 살고 있던 마을이었던 것은 아니다.

그 마을은 이미 평지가 되어, 훈련장 건설이 진행되고 있었다.

마을이 멸망하는 것 따위 흔해빠진 일이다. 고블린이든, 전염병이든, 용이든.

그는 그것을 알고 있었다. 그녀도 그것을 알고 있었다.

그는 이해하고 있었지만, 그녀는 아직 실감하지 못했다.

휘이잉휘이잉 눈보라의 바람 소리에 섞여서 고블린 놈들의 저열한 웃음소리가 메아리 쳤다.

그래서— 그녀는, 고블린의 영역에 들어선다는 것이 어떤 일인지, 이제서야 이해하고 있었다.

§

"아아, 정말—. 어떡하지……."

주점에서 엘프 궁수가 투정을 부리는 목소리가 울렸다.

실제로 탁자에 엎드려서 팔다리를 버둥버둥 흔드는 모습은 그야말로 어린애 투정으로 보였다.

"……너는 말이다. 정말로 2천 살이더냐?"

"그—래, 실례잖아."

"아무리 봐도 열세살 정도 같구먼."

드워프 도사가 진심으로 기가 막힌 심정과 함께 숨을 내쉬고 술잔을 벌컥 들이켰다.

이미 해도 떨어졌고, 주점에 모인 주정뱅이 모험가들 사이에는 나른한 공기가 흐르고 있었다.

눈은 많고, 바람은 강하고, 춥다. 이런 밤에 모험을 가는 것은 돈이 궁하거나 그에 맞은 사정이 있는 자들뿐이다.

"고블린 슬레이어도 한가한 녀석이군."

그렇게, 아까부터 악담을 해대던 여기사도 지금은 술 앞에서 완패를 만끽하고 있었다.

침의 바다에서 배를 저으며, 뭐라고 중얼중얼거리는 그녀를 중장 전사가 「못 말리겠구만」이라며 콕 찔렀다.

"정말이지, 꼬맹이들이랑 다를 바가 없다니까."

여기사를 짊어진 그의 주위에 소년 척후와 소녀 무술사, 하프 엘프 검사의 모습은 없었다.

연소자 둘은 진작에 자러 갔고, 중장 전사가 여기사의 상대를 해주고 있었다.

"우리는 이만 간다. 너희들도 숙취는 피해라."

"이 자시익…… 아가씨를 침소로 옮길 거라면, 공주님처럼 말이다아아……."

"인마, 너 같은 공주님이 어딨냐……?"

어깨 위에서 잠꼬대처럼 흘리는 불평을 무시하고, 중장 전사가 계단을 끼익끼익 올랐다.

“어허.”

그것을 배웅한 창잡이가 여신관 쪽으로 시선을 힐끔 돌렸다.

“아가씨는 안 자도 되나? 오늘도 신전에서 일했잖아?”

“네.”

여신관은 무거운 눈꺼풀을 깜빡거렸다.

“무슨 일이, 있을지도 모르니까요.”

“별난 녀석이야.”

창잡이는 의욕 없이 하품을 흘렸다.

“오늘 밤은 기다려 봤자, 어차피 안 돌아올 텐데?”

“딱히, 그런 건…….”

아니라니까요. 쑥스런 기색으로 볼을 긁적인 여신관은 마녀의 숨죽인 웃음을 보고 고개를 숙였다.

다 들켰다는 것은 알고 있지만, 수치심은 일어나는 법이다.

“하, 하지만, 아무것도 안 하면서 기다리는 것도…… 그렇고요.”

그렇게 얼버무리는 그녀의 말에, 엘프 궁수가 어깨를 으쓱거렸다.

“그러면 탁상연습이라도 할까?”

엘프 궁수가 말하더니, 비어 있는 접수처 쪽을 힐끔 보았다.

근무를 마치고 눈길을 헤치며 돌아간 접수원 아가씨의 모습은 없고, 감독관도 이미 돌아갔다.

밤 당번의 직원이 차로 졸음을 얼버무리면서 서류에 펜을 휘갈기고 있을 뿐이었다.

"사람도 부족하니까, 이어서 할 수도 없지만."

"그렇다면……."

난로에 달라붙어있던 리자드맨 승려가 기다란 목을 뻗어서 빙글 돌렸다.

"진짜 모험을 하러 간다, 라는 수는 어떠한가?"

"그쪽도 사람이 부족하잖아."

사람— 보다 구체적으로 말하자면 전위라고 해야 할까?

고블린 슬레이어, 여신관, 엘프 궁수, 드워프 도사, 리자드맨 승려.

주문술사가 세 명이나 되는 축복받은 파티, 사치스런 말을 해선 안 되는 것은 잘 알고 있었다.

그러나 이 파티에는 순수한 전위가 단 한 명밖에 없었다.

여신관은 리자드맨 승려를 힐끔 보았다. 그가 미덥지 못하다는 말은 결코 할 수 없지만.

"고블린 슬레이어 씨가 없으면, 역시 힘들단 말이죠."

"그 뭔가 이상한 녀석을『전사』라고 해도 될지 알 수 없지만 말이야."

엘프 궁수가 친근함이 담긴 악담을 하면서 깔깔 웃었다.

"그렇네요."

여신관도 부정은 할 수 없어서, 애매하게 그렇게만 말하고 말았다.

—전사, 라.

가늘고 긴 손가락 끝을 입가에 대고서 생각하던 그녀의 눈이 슬그머니 창잡이 쪽으로 돌아갔다.

"……저기, 두 분은, 파티를 짠 지 오래 되셨나요?"

"엉?"

창잡이는 한쪽 눈썹을 치켜 올리고 말했다.

"아아…… 어, 벌써 5, 6년…… 좀 넘나?"

"그…… 정도, 네."

응답한 마녀가 그리운 기색으로 눈웃음을 지으며, 요염하게 볼을 풀었다.

"신경…… 쓰이, 는…… 거야?"

"어, 그, 저기……."

아름다운 눈동자가 가만히 바라보자, 여신관이 당황하며 시선을 흔들었다.

부정하는 것은— 너무나 어린애 같지 않을까?

"……조, 조금이요?"

"후, 후……."

마녀는 즐거운 기색으로 풍만한 가슴에서 곰방대를 꺼내더니, 뭔가 속삭이며 끝 부분을 손가락 끝으로 두드렸다.

화륵. 희미한 빛이 밝으며, 마녀는 고민스런 기색으로 몸을 흔들면서 깊숙하게 한 모금 들이켰다.

입맞춤을 하는 것처럼 입술을 열자, 달콤한 연기가 고리가 되어 하늘을 떠돌았다.

"조만, 간……에."

키득 목 안쪽에서 웃으며 마녀가 말했다.

"당신, 도…… 조만간, 에?"

"……네."

여신관은 고개를 끄덕이고, 손에 든 미지근해진 우유컵으로 눈길을 떨구었다.

조만간, 어느 정도 나중일까?

은 등급 모험가가 될 때까지? 아니면, 혼자 남겨져도 불안해지지 않을 때까지?

아니면― 그런 비굴한 자신이, 그렇지 않게 될 때까지일까?

그런 자신을 다 들킨 것 같아서 여신관은 어색하게 우유를 입에 머금었다.

"……저기, 있잖아?"

"윽?!"

그때 누군가 사양하는 기색으로 말을 걸었다.

여신관이 콜록 작게 기침을 하면서 돌아보자 익숙한 두 모험가.

수습 성녀와 신참 전사― 그녀와 또래인 그들은 이제 슬슬 수식어가 떨어질 기색이었다.

길이 잘 들어가는 가죽 갑옷에 곤봉― 이라기에는 약간 가늘고 긴 지팡이와 허리의 검.

어깨에는 가죽으로 된 이마 보호대를 걸어둔 모습이 이제 어엿한 전사라고 해도 되겠다.

한편으로 성녀도 겉보기에는 알기 어렵지만 태도가 상당히 차분해졌다.

―저는…….

과연, 어떤 걸까요? 여신관은 그 마음을 겉으로 드러내지 않고 미소를 지었다.

"무슨 일인가요?"

"사실은 우리들, 이번에 말야. 승격할 수 있게 됐는데……."

신참 전사가 볼을 긁적이면서 내정을 받았다고 말했다.

"어머나."

여신관이 눈을 크게 뜨고서 곧장 손뼉을 쳤다.

"이거 축하드려요!"

"그렇지만, 뭐, 아직 백자에서 흑요로 오르는 거니까."

10위에서 9위. 그녀는 어땠을까? 지하에서 오우거와 싸운 걸로…… 아니.

그 이전에 그가 구해주고 지금의 파티에 들어왔기 때문에 여신관은 빨리 승격할 수 있었다.

그렇지 않았다면 그 동굴에서 살아남았어도 눈앞의 두 사람과 같은 페이스였으리라.

그러나, 어라? 여신관은 고개를 갸웃거렸다.

그녀는 그때, 아주 기뻐하며 그에게 증표를 보여주면서 보고를 했었는데…….

"울적한 표정이네요. 무슨 일인가요?"

"그게."

수습 성녀가 눈썹을 찌푸렸다.

"신전에 보고했더니, 신탁(핸드아웃)이……."

신탁이란 신들이 신자에게 내리는 계시, 예언, 그리고 사명이기도 했다.

아무도 강제하지는 않지만, 굳이 거부하는 일은 적었다.

거부해봤자 무슨 이익이 있는 것도 아니고. 고블린 죽이기에나 열을 올린다면 모르겠지만.

따라서 여신관은 금방 그것을 짐작했다.

"지고신 님의 시련은, 곤란한 것이 많다고 들었는데…… 역시?"

"맞아."

수습 성녀가 고개를 끄덕이더니, 길을 잃고 어쩔 줄 모르는 어린애 같은 표정을 지었다.

"북방의 정상에 이르라, 고 하거든. 하지만……."

"우리들, 계속 도시 주변에 있어서 눈 내린 산은 가본 적이 없단 말이지."

아무리 그래도 이대로 갔다간 죽을 것 같다는 생각이 들어. 신참 전사는 아주 진지한 표정으로 말했다.

응. 여신관은 입술에 손가락 끝을 대고서 생각에 잠겼다.

과연, 분명히 그녀 일행은 작년 겨울에 눈 내린 산으로 가서 싸운 적이 있다.

그것은 상당히 귀중한 경험이었고, 그녀도 선배들인 동료들이 없었다면 고생했으리라.

솔직히 말해서, 신전으로 돌아가 일을 도우면서 기다릴까 생각하긴 했지만…….

―그라면, 어떻게 했을까?

"……고블린인가?"

"어?"

"아뇨……."

여신관은 쓴웃음을 짓고 고개를 옆으로 저었다. 무심코 중얼거린 말이다. 의미는 없다.

의미는 없지만, 그래도 등을 밀어주는 말이었다.

여신관은 손을 꼭 쥐고, 결심하고서는 우유를 들이켜더니 석장을 손에 쥐었다.

시야 구석에서 마녀가 고개를 끄덕이는 게 보였다. 마주 끄덕였다.

"저는, 돕고 싶다고 생각해요."

목소리가 살짝 갈라졌다. 심호흡을 한 번. 기도하는 것처럼 말했다.

"여러분, 같이 가주실 수 있을까요?"

"모험이구나!"

맨 먼저 반응한 것은 엘프 궁수였다.

귀와 오른손을 똑바로 쭉 뻗으며 선언하더니, 기세 좋게 자리를 박차고 일어섰다.

"가겠어! 없는 동안에 모험을 해서 오르크볼그한테 자랑해야지!"

"……자랑을 해봤자, 카미키리마루가 분하게 여기진 않을 것 같다만……."

엘프 궁수가 뒤집을 뻔한 탁자를 누르며 드워프 도사가 말했다.

그는 탁상에 남은 요리가 아까운 듯 집어넣더니, 우물우물 턱을 움직였다.

그리고 그것을 화주로 흘려 넣고, 숨을 꺼억 내쉬었다.

"비늘 친구는 어쩔 테냐?"

"누군가 의지를 해주는 것은 참으로 고마운 일이지. 흔한 일은 아닐세."

리자드맨 승려는 여전히 난로에서 온기를 얻고자 하면서, 묵직하게 말했다.

"소승은 거부할 생각이 없다네. 딱히 날이 추워도 먹을 것이 사라지지는 않음이니. 문명 만세일세."

치즈만 있으면 좋다는 기색으로 말하는 모습에, 엘프 궁수가 어쩔 수가 없다며 잘난 기색으로 어깨를 으쓱거렸다.

"그래서? 드워프는 어쩔 거야? 살이 쪘으니까 추운 것 정도는 괜찮지?"

"네 편견은 한 번 엉덩이를 두들겨서 뜯어 고쳐줘야겠구나."

드워프 도사가 하얀 수염에 묻은 얼룩을 손으로 닦아내고 자리에서 영차 일어섰다.

"반대할 생각은 없다마는……."

"없다마는?"

엘프 궁수가 의문스레 기다란 귀를 흔들었다.

"보수는 어쩔 테냐?"

"앗."

무심코 소리를 낸 것은 다름아닌 여신관이었다.

—생각 못했어요……!

어쩌지. ……어쩌지?

대답을 발견하지 못하고 여신관이 어쩔 줄 모른 채 우왕좌왕했다.

아까 미약하게 부풀어 오른 용기가 쪼그라들었다.

그것에 이끌려, 소년소녀 두 사람도 눈물을 글썽거린다. 돈이 없는 것이다.

그때…….

"절반, 씩……이네."

구원의 말이 옆에서 끼어들었다.

여신관이 돌아보자, 마녀가 장난꾸러기 어린애처럼 한쪽 눈을 감았다.

"사이……좋게, 말야."

"……그렇지."

어쩔 수 없다는 듯, 입 다물고 보기만 하던 창잡이가 숨을 내쉬었다.

"이런 탐색을 할 때는 발견한 것, 수확을 절반으로 나누는 게 시세지."

"아, 그, 그러면, 그걸로!"

활짝 표정이 밝아진 신참 전사가 외치자, 수습 성녀가 급히 옆구리를 찔렀다.

"다만, 우리들이 필요한 것— 신께서 가져오라고 하신 건 빼고!"

뭐야. 표정을 찌푸리는 그를 무시하고서, 그녀는 큰 소리로 덧붙였다.

"흠."

드워프 도사가 만족스럽게 고개를 끄덕였다.

"그거면 되겠구나."

"——."

여신관은 아무 말도 하지 못했다.

풀썩 의자에 앉아서 손에 든 컵으로 눈길을 떨구었다. 텅 비었다. 아무것도 없다.

엘프 궁수를 필두로 동료들이 의욕을 내면서, 준비에 대해 신이

나서 얘기를 한다.

그 마음이 기뻤다. 자신의 제안을 받아들여준 것이다.

그렇지만…….

"……내일, 눈발이 좀 줄어들면 출발해요."

아직 밤은 길고, 눈은 기세가 늘어나기만 했다.

제2장 『떠도는 소귀 살해자』

Goblin Slayer
He does not let anyone roll the dice.

“처리를 제대로 해둬라.”

그가 말했다.

“동상에 걸린다.”

“어, 응…….”

그녀는 콩닥거리는 심정으로 옷에 손을 대면서, 간신히 뛰어 들어온 판잣집을 둘러보았다.

집이라고 부르기도 꺼려지는 꼴이다. 집의 잔해, 들판에 버려진 해골. 그런 것이 연상되었다.

그러나, 간신히 형태를 유지하고 있는 지붕과 벽의 흔적이 눈과 바람을 막아준다.

도저히 따뜻하다고 할 수는 없지만, 더 바랄 수도 없었다.

“눈이 내려 다행이다.”

고블린 슬레이어는 벽의 구멍으로 바깥 상황을 살폈다.

하얀 어둠에 뒤덮인 밤 가운데, 활활 타오르는 눈이 몇 개나 번득이고 있었다.

이 추위인데도 고블린 놈들은 태연하게 돌아다니고 있었다.

그러나 그 움직임은 평소보다 활기가 없었고, 역시나 의욕이 보이지 않았다.

고블린이라는 생물은 언제나 외부의 핑계로 자신들의 게으름을 정당화한다.

눈이 내리고 추우니까 일을 대충 해도 어쩔 수 없다—. 금방은 발견되지 않으리라.

"냄새도 얼버무릴 수 있다."

그 단적인 말에 소치기 소녀는 한눈에 알 수 있을 정도로 얼굴이 빨개졌다.

"이, 이쪽, 보면 안 돼?"

"그래."

고블린 슬레이어는 찰칵찰칵 금속 걸쇠가 풀리는 소리를 등지고 실내로 갔다.

대부분 약탈했지만, 뭔가 남아 있을지도 모른다. 탐색은 빼놓을 수 없는 일이다.

어쨌든 고블린. 물건을 찾는 것이 그리 특기인 종족이 아니다.

"……있지."

천이 스치는 소리, 피부를 천으로 닦는 소리와 함께 소치기 소녀가 작은 소리로 중얼거렸다.

"……웃거나, 저기…… 한심하다, 거나……."

"생각 안 한다."

소리를 내지 않도록 신중한 손놀림으로 삭은 서랍 안을 뒤지면서, 그는 대답했다.

그리고 그걸로는 부족하다고 생각했는지, 숨을 내쉬고 덧붙였다.

"옛날에, 선생님에게 배웠다."

"선생님…… 네 선생님?"

그래. 고블린 슬레이어가 수긍했다. 몇 번을 돌이켜봐도, 그에게는 과분한 위대한 스승이었다.

"위험할 때, 몸이 똥 같은 무거운 것을 내던지고 도망칠 준비를 한다."

"똥이라니……."

"선생님이 그렇게 말했다."

그는 무뚝뚝하게 말을 이었다.

"포기하지 않은 증거라고 하더군."

그는 소치기 소녀의 수치를 무시하고, 서랍 안에 남아 있던 좀 먹은 흔적투성이의 모포를 끄집어냈다.

돌아다니다가 외투가 바람에 날아가 버린 지금, 상급의 마법 외투에도 필적하는 물건이다.

고블린 슬레이어는 이어지는 말과 함께 등 뒤의 그녀에게 모포를 던져서 건넸다.

"마음은 몰라도, 몸은."

"……."

"몸이 포기하지 않았다면, 다음은 기합이 문제다."

소치기 소녀의 말이 끊어졌다.

미약한 호흡 소리와 「응」 하는 가는 목소리가 한 번, 두 번. 땀과 실례한 흔적을 닦아내는 것이리라.

고블린 슬레이어는 이어서 흙바닥 한 구석을 눈여겨보고, 허리의 칼집에서 단검을 역수로 뽑았다.

“그리고 그것을 비웃는 것은 뭘 모르는 바보, 억지로 참는 것은 도망칠 생각이 없는 멍청이라고 한다.”

“……만약, 그대로 죽어 버리면?”

단검의 칼날을 흙바닥에 박아 넣자, 금방 단단한 감촉이 느껴졌다. 파낸다.

예상대로, 나무판을 뚜껑 대신 삼은 바닥에 병이 몇 개 묻혀 있었다.

아무래도 세월이 지나 태반은 상했지만, 말린 고기는 곰팡이를 깎아내면 문제없으리라.

“얼간이다.”

“……그렇구나.”

됐어. 소치기 소녀의 가녀린 목소리에, 고블린 슬레이어는 천천히 돌아섰다.

몸을 닦아낸 뒤에 속옷과 셔츠를 다시 입었고, 바지를 폐자재에 걸어놓은 그녀가 모포를 들고 있었다.

고블린 슬레이어는 망설임 없이 그녀 옆에 앉아, 표면을 깎아낸 말린 고기를 내밀었다.

“먹어라. 없는 것보다는 낫다.”

“……응.”

고개를 끄덕이고, 그녀도 그의 옆에 풀썩 앉았다. 부드러운 몸이 가까이 다가온다.

그리고 두 사람을 감싸는 것처럼 모포를 덮자, 소치기 소녀는 빨개진 볼을 감추는 것처럼 고개를 숙였다.

“있지, 냄새 같은 거…… 안 나?”

"신경 안 쓴다."

"……그거 난다는 말이 아닐까아……."

하아. 소치기 소녀의 한숨이 하얗게 변해서 공중을 떠돌았다.

견디기 어려울 정도로 추울 것이다. 그녀의 몸이 잘게 떨리고 있었다.

"……괜찮나?"

"……응."

고블린 슬레이어의 말에 대답하는 목소리도 작다. 물을 때마다 힘이 빠지는 것 같기도 했다.

소치기 소녀는 차갑고 딱딱한 말린 고기를 우물우물 깨물고 있었다.

고블린 슬레이어도 투구 틈으로 말린 고기를 집어넣고, 씹으면서 가방을 뒤졌다.

불을 떼지 못한다는 건 알고 있었다. 그렇지만, 그것을 방치해서 괜찮을 이유는 없다.

아쉽게도 직접적으로 눈이 원인이 아닌 추위에는 《브리싱(숨결)》의 반지는 의미가 없다.

그렇다면…….

"마셔라."

그가 내민 것은 스태미나 포션(강장의 물약)이었다.

안에서 찰랑 흔들리는 약액을 보고 소치기 소녀는 눈을 깜빡거렸다.

"괜찮아……? 약은, 비쌀 텐데……."

"필요할 때 쓰려고 산거다."

"……고마워."

두 손으로 작은 병을 받은 그녀는 고생하면서 마개를 뽑고 조심조심 입을 댔다.

꿀꺽, 꿀꺽. 목을 울리며 마시고 호오, 한숨을 쉬었다.

"……응, 몸이 따뜻해졌어."

그것은 허세였을지도 모르지만, 그녀는 웃음을 지으며 고개를 끄덕였다.

그리고 「자」 하고 내민 병을, 고블린 슬레이어는 「그래」 하며 받아서 들이켰다.

쌉싸름한 약액은 안쪽에서부터 천천히 몸에 열을 전달해주는 것 같았다.

"잠들어도 된다. 이 추위라면 아직 죽지는 않는다."

"……그거, 오히려 안심할 수가 없는데?"

"농담이다."

소치기 소녀의 미소가 굳어졌다. 그것을 무시하고, 고블린 슬레이어는 다시 폐옥 바깥을 살폈다.

탈출인가, 구조를 기다릴 것인가.

—며칠이라면 문제없겠지.

아무리 눈의 어둠에 닫혀 있는 가운데라지만, 고블린의 탐색을 벗어나는 것은 어렵지 않으리라.

놈들이 밤낮을 가리지 않고 움직일 수 있어도, 숨을 장소가 많고 추위란 조건은 같았다.

옆에 있는 소녀를 무사히 돌려보내는 것을 대전제로 움직여도 문제는 없는 것 같았다.

—물론, 그저 할 뿐이다.

그리고 대화가 끊어졌다.

오감으로 인식할 수 있는 것은 때때로 그녀가 미약하게 몸을 움직일 때마다 느껴지는 부드러움과 열.

가슴이 위아래로 움직이며 살며시 흘러나오는 호흡소리.

바깥에서는 고블린이 캿캿 소리를 지르면서 눈을 걷어차 대고 있었다.

그러나 그 모든 것이 어쩐지 멀찌감치 느껴졌다.

이윽고 소치기 소녀의 눈꺼풀이 꾸벅꾸벅 떨어지기 시작했다.

고블린 슬레이어에게 기대는 것처럼 자세가 무너졌다.

그리고…….

쿵. 충격을 동반한 굉음이 모든 것을 뒤집어 버렸다.

"—힉, 으……읍?!"

움찔 몸을 일으킨 그녀 옆에서 이미 고블린 슬레이어는 임전태세를 갖추고 있었다.

방심 없이 무기를 겨누고, 허리를 낮추어 대비하는 그의 시선—그 끝에서.

소치기 소녀는 분명히 그것을 보았다.

검푸른 거체. 이마에 돋은 뿔. 부패한 냄새를 풍기는 숨을 내쉬는 입. 손에는 거대한 전투 망치.

경악으로 눈을 부릅뜬 소치기 소녀가 중얼거리는 것처럼 목소리를 짜냈다.

"뭐……야, 저거……?"

"모른다."

고블린 슬레이어는 짧게 말했다.

"고블린은 아닌 것 같다."

쿵, 쿵. 대지를 흔들면서 걷는 거한 주위에 고블린 놈들이 아양을 떨면서 따른다.

—과연, 저게 두목이군.

"어디선가 본 괴물이다."

고블린 슬레이어가 말하고 괴물의 동향을 주의 깊게 살폈다. 뭐라고 했었더라.

"에에이, 아직 모험가를 못 찾았느냐!"

그때 그 괴물이 입을 열어서, 쩌렁쩌렁한 탁한 소리를 내며 발치의 고블린을 걷어찼다.

"GOBG?!"

"이래서 고블린 놈들은 도움이 안 된다……!"

눈 위를 구르며 바닥에 엎드려 용서를 구하는 고블린에게 씁쓸하게 내뱉은 말.

괴물은 마차의 잔해를 의자 대신 삼아서 털썩 앉더니, 전투 망치를 내리치는 것처럼 옆에 내렸다.

"……뭐 좋다. 네놈들에게 이래저래 말을 해봤자, 그 머리로는 알지도 못하겠지."

"GBOR……."

"됐으니 얼른 찾아라. 가장 먼저 발견한 놈들은 그 여자를 마음대로 할 권리를 주마."

"GROGB! GOBOGR!"

"알았으면 노력해라."

고블린은 장수의 지시를 새된 소리로 외쳐서 전달하며 달려갔다.

곧장 활기를 띠는 고블린 놈들의 움직임에, 고블린 슬레이어는 낮게 혀를 찼다.

고블린 놈들의 사기를 올리는 방법을 알고 있다. 공포, 욕망. 양쪽이다.

—만만찮군.

고블린 슬레이어는 결론을 내렸다.

탈출도, 구조를 기다리는 것도. 쉬운 일이 아니리라.

"저, 저기……?"

옆에 있는 소녀의 떨림이 더욱 커져 있었다.

고블린 슬레이어는 손을 뻗어 움켜쥐고, 천천히 내렸다.

"……자라."

그것 말고 할 말을 찾지 못하여, 그는 움켜쥔 주먹을 검에 올리고 조용히 반복했다.

"자라. ……내일도 힘들 거다."

"……응."

소치기 소녀가 고개를 끄덕이고 순순히 눈을 감았다. 미약한 졸음, 그 이상은 잠들 수 없었다.

고블린 슬레이어는 한쪽 눈을 뜬 채, 긴장을 풀지 않고 잠을 청했다.

그는, 그렇게 해야만 했다.

§

"사랑스런 사람이 죽어간다. 눈앞에서는 고블린이 도망쳤다. 어느 쪽으로 가겠느냐!"

"모르겠습니다."

대답한순간, 그는 머리를 호되게 두들겨 맞았다.

스승— 선생님이 얼음 덩어리를 쥔 주먹을 힘껏 휘두른 것이다.

어두운 얼음 동굴 바닥을 구르면서 걷어 차였지만, 그는 이미 차가움과 통증을 구별할 수 없었다.

다음 일격을 피하고자 몸을 일으키고 주위를 둘러봤지만, 여전히 스승의 모습은 보이지 않았다.

"아아아, 가여운지고! 네 눈앞에서 그 녀석은 죽는다! 고블린은 도망쳤다!"

끝장이다앗! 어둠 속에서 모습을 보이지 않는 스승이 으적으적 탐욕스럽게 뭔가를 먹어 치우고 있었다.

그를 설원에 내던지고서 모아 오라고 한 나무 열매 등이다.

이렇게 눈과 얼음밖에 없는 산 속에서도, 찾으면 놀랄 정도로 식량이 있다는 것을 그는 알게 됐다.

"뭐냐? 안 줄 거다. 먹고 싶거든 따와라! 이건 내 몫이다!"

네. 그는 고개를 끄덕였다.

스승의 악랄함에는 익숙해졌지만, 그에게는 채취한 식량을 빼돌린다는 발상이 없었다.

그런 것을 떠올리지도 못했다.

누가 뭐래도 스승이 「정직하거라」라고 가르쳤으니까.

"뭐."

스승은 저질스런 소리를 내면서 트림을 했다.

"양쪽이라고 하지 않았으니 그나마 낫군."

"양쪽은 안 되나요."

"당연하지!"

곧장 얼굴에 무언가 축축한 것이 찰싹 달라붙었다.

스승이 뱉어낸 나무 열매의 껍질이리라. 그는 그것을 말없이 닦아냈다. 동상에 걸리고 싶지는 않았다.

"그건 문제의 의미를 모르는 거다. 현실을 못 보는 녀석은 금방 죽는다!"

구원할 길이 없다. 스승이 말하고, 또 나무 열매 껍질을 이번에는 옆으로 내뱉었다.

"그러나."

스승이 말을 끊었다. 모습은 보이지 않지만, 소름끼치게 씨익 웃는 건 알 수 있었다.

"대답의 단편이 거기 있는 게다."

"단편."

"애당초, 그런 상황이 된 시점에서 멍청이라는 것이지."

끄할할 하는 이 세상 것이 아닌 것 같은 웃음소리가 얼음 동굴에 울렸다.

이어서 씹는 소리가 으적으적에서 와작와작으로 변화했다. 버섯이리라.

그는 조금 생각한 다음에 물었다.

"하지만, 그렇게 되면 어떡하면 되나요?"

"어떻게 하면?"

다음 순간, 창백한 빛이 그의 코끝을 지나쳤다.

번득이는 단검의 칼날이 눈앞에 다가와 있었다. 칼날 끝이 미약하게 볼을 찌르고, 피가 스며 나왔다.

어둠 속, 활활 타오르는 레아의 눈동자가 눈앞에 있었다. 레아 노옹은 웃고 있었다.

"**뭐든지 하는** 거다, 사랑스런 사람아!!"

§

"응, 으우……."

잠이 얕았으니 각성이 불쾌한 것은 당연했다.

밤은 길고, 꿈은 짧았다. 각성을 재촉한 것은 무언가가 옆에서 움직이는 기척이었다.

"일어났나."

"와……!"

소치기 소녀는 황급히 몸을 일으키고, 모포로 하반신을 숨기고, 그 다음에 양손으로 입가를 가렸다.

덮은 다음에 그 이유를 몰라서 눈을 깜빡였다.

여기는 어디지? 내 방이 아냐. 그가 있다. 평소랑 같은 차림으로.

"…………응. 안녕?"

"그래. 안녕."

그렇구나. 그제야 사고가 현실을 따라잡아서 그녀는 고개를 끄덕였다.

폐옥이나 마찬가지인 지붕 아래, 상황은 무엇 하나 변하지 않았다.

부르르 몸을 떤 소치기 소녀는 금방 살며시 밖을 살폈다.

고블린의 모습은 적어도 보이는 범위의 설원에는 없었다.

—다행이야.

그녀는 풍만한 가슴을 안도로 쓸어내렸다.

그는 평소에 울타리 점검을 하는 것과 다름없는 기색으로 장비를 점검하고 있었다.

싸구려 철 투구, 지저분한 가죽 갑옷, 허리에는 어중간한 길이의 검을 찼고, 팔에는 자그마한 원형 방패.

그 모습을 바닥에 앉은 채 올려다보고, 소치기 소녀는 한 번 침을 꿀꺽 삼켰다.

"……오늘은, 어떡할 거야?"

이제부터, 라고 물을 수 없었다.

그는「흠」하고 낮게 소리를 내고서 그녀의 물음에 대한 대답을 가르쳐 주었다.

"탈출하든, 구조를 기다리든, 다음 잠자리가 필요하다."

"여기는, 안 돼?"

소치기 소녀는 주위를 둘러보았다.

"어제는 발견 안 됐는데."

"그러면 오늘밤에는 탐색을 할 거다."

그의 말은 단적이었다.

"그리고, 식량이 더 필요하다."

"먹을 거……."

소치기 소녀는 어제 깨물었던 말린 고기를 떠올렸다. 전혀 먹은 기분이 안 들었다.

—도시락.

그때 떨어뜨리지 않았다면 먹어줬을 텐데.

그녀가 고개를 숙이고 입을 다문 것을 어떻게 받아들였는지, 그는 조용히 말을 이었다.

"고블린이 자고 있는 이틈에 탐색을 마친다. 여기서 기다려라."

"앗, 싫어."

즉답이었다.

스스로도 어째서 그렇게 말했는지 소치기 소녀는 알 수 없었다.

그러면 그는 더욱 알 수 없었을 게 틀림없다.

"어째서지."

—목소리가 멋대로 나와버렸어.

라고 말할 수는 없었다.

"그러니까."

소치기 소녀는 시선을 흔들며 대답을 찾았다.

방 안에서는 찾을 수 없었다. 바깥, 눈 속에서도. 소치기 소녀는 가슴팍을 눌렀다.

"나, 나 혼자서 고블린한테 발견되면, 아무것도 못하잖아……."

그것은 사실이었고, 그녀 나름대로 잘 꾸민 이유이기도 했다. 적어도 지금 생각한 것치고는.

—혼자는 싫어……라는 것도, 그야, 뭐, 있긴 하지만…….

그것은 부정할 수 없다. 소치기 소녀는 가슴 앞에서 양손을 꾹 쥐고는 눈동자만 올려서 그를 보았다.

"……어떡, 하지?"

"……."

그는 낮게 신음했다.

상황은 그녀도 알 수 있는 범위에서 알고 있었다. 알고는 있었다.

그러나 **이번**에는, 떼를 쓸 생각은 없었다.

안 된다고 하면, 따를 생각이었다.

"……미안하다."

"아……."

역시, 라고 생각했다. 소치기 소녀는 「아냐」 하며 고개를 옆으로 저었다.

"괜찮아. ……신경 쓰지 마."

"두 곳보다는 한 곳이 발견되기 어렵다. 내 판단이 틀렸다."

"—응?"

얌전히 있을게. 그렇게 말하고자 했던 소치기 소녀는 고개를 갸우뚱 기울였다.

"그리고 분명히, 곁에 있으면 무슨 일이 있을 때 내가 대응할 수 있다."

"……그러니까, 같이 가도 된다, 는 거야?"

"서두르지."

그는 직접 그 말에 대답하지 않고 짧게 말했다.
“시간이 아깝다.”
필요한 것이 있으면 가져가라.
그가 말하고 등을 돌리자, 소치기 소녀는 황급히 주위를 살폈다.
우선 지금 자신이 뒤집어쓴, 어제 그가 던져준 모포가 있었다.
그것을 외투 대신 반사적으로 걸치자, 싸늘한 공기가 하반신을 쓰다듬었다.
—아!
얼굴이 확 빨개진 소치기 소녀는 허둥지둥 걸어놓은 바지를 손에 집었다.
그대로 억지로라도 다리와 엉덩이를 집어넣고, 어떻게든 벨트를 메고 고정구를 걸었다.
그는 이쪽을 신경 쓰지 않는 걸까? 신경 쓰지 않고 있어주면 좋겠다.
“저, 저기, 그리고, 무기는…….”
“됐다.”
딱 잘라 말했다.
“네가 무기를 사용할 상황이 되면, 도망치는 편이 좋다. 괜한 짐은 방해된다.”
“으, 응…….”
짐이라는 말에 어제 나눈 대화가 떠올랐다. 바지가 말라서 다행이다.
모포 한 장으로는 아무래도 불안했지만, 그녀는 그 이상 반론하지 않고 따랐다.
“간다.”

"……응."

원하던 바는 아니다. 솔직히 말하면 인정하고 싶지 않았다.

그러나, 그는— 그녀의 소꿉친구는 고블린 슬레이어였다.

§

"역시 **밤순찰**은 있군."

폐촌의 잔해, 그 그림자에서 그림자로 기다시피 나아가면서 고블린 슬레이어는 신음했다.

오우거(라는 이름을 그는 기억 못했지만)의 명령을 받고서, 졸린 표정으로 어슬렁거리는 고블린.

고블린 슬레이어는 가까운 한 마리의 입에 등 뒤에서 손을 돌리고, 검으로 목을 찢고서 눕혔다.

시체를 감출 곳은 온갖 곳에 있었다. 눈덩이에 처박아 버리면 된다.

흐르는 피도, 곧 눈보라가 뒤덮어 감출 것이다. 눈도 나쁘기만 한 게 아니다.

"간다."

"으, 응……."

소치기 소녀는 힐끔 고블린의 시체가 묻힌 쪽을 보고, 자신 없는 기색으로 그의 뒤를 따랐다.

"……먹을 건, 뭘 찾을 거야?"

"마을의 식량은 기대할 수 없다."

어젯밤의 말린 고기를 보니, 고블린 슬레이어는 그렇게 판단할 수밖에 없었다.

그리고 만약 먹을 수 있는 것이 남아 있어도, 고블린 놈들이 진작에 손을 댔을 것이다.

쌓인 눈을 차폐물 삼아서, 살며시 고블린 놈들의 상태를 살폈다.

내리는 눈이 만드는 하얀 어둠은 단순한 사실로서 고블린 놈들의 아군이다.

흄은 어둠을 내다볼 수 없으며, 추위에도 약하다.

등 뒤에 달라붙어 따라오는 소치기 소녀는 모포를 두르고 있지만, 부들부들 떨고 있었다.

가만히 철 투구를 돌리자, 피부는 창백하고 입술 색도 나쁘다.

—사냥은 무리군.

그녀에 대한 부담이 너무 크다. 그리고 고블린에게 발각될 가능성이 높다.

아니. 그는 고개를 옆으로 젓고 자신의 생각을 수정했다.

고블린에게 발견될 가능성이 높고, 그녀에 대한 부담이 크다, 였다.

그것을 틀리면 안 된다. 아까와 같은 실수를 또 반복할 뻔했다.

우선순위를 잘못 잡으면, 결과적으로 그녀를 죽음으로 몰아넣게 되리라.

그리고 많은 경우, 고블린이 몰려오면 죽음으로 끝나지 않는 법이다.

"……월귤을 기억하나."

고블린 슬레이어는 되도록 담담한 어조가 되도록 주의하며 말했다.

"어?"

소치기 소녀가 한순간 당황한 모양이지만, 금세 「응」 하며 수긍했다.

"**곰의 포도** 말이지? 작고, 빨간 열매. 마을 변두리 같은 데 있었지."

"아직 열매가 남았을지도 모른다."

그걸 찾는다. 고블린 슬레이어가 말하고 하늘을 올려다보았다.

눈을 계속 토해내는 회색 구름은 두껍고, 무겁고, 어둡다.

바람은 강하고 눈의 양은 변화가 없다. 새의 기척도 없다. 그러나, 만약 있다면.

"만약 새가 있다면, 그 근처에 열매가 있을 거다."

"알았어. ……새 말이지."

소치기 소녀는 진지한 표정으로 반복했다.

"월귤. ……다른 건?"

"석이버섯을 찾는다."

"석이……?"

고블린 슬레이어는 조금 생각하고 서투르게 손을 움직였다.

"평평하고, 검은, 버섯이다."

"아, 알겠어. ……알았어."

소치기 소녀가 「그거구나」 하면서 웃었다.

추위와 공포와 긴장으로 굳어진, 도저히 웃음 같지 않은 웃음이었다.

그러나 고블린 슬레이어는 고개를 끄덕였다.

"그래."

응답하는 목소리가 조금 떨렸다.

"주위를 신경 쓰면서, 나아간다."

말할 것도 없는 일이었다.

그러나, 말하지 않을 수 없었다.

§

불을 피워서 눈을 녹이는 것도, 고블린이 지키고 있는 우물에 가는 것도 할 수 없다.

두 사람이 물을 손에 넣은 것은 마을 변두리에 얼어붙은 연못이 있었기 때문이다.

"……용케 알았네."

"눈은 지형을 따라 쌓인다. ……그리고 우물이 있다면 수맥도 있다. 이쪽은 농작업용이겠지만."

소치기 소녀의 말에 그는 단검을 얼음에 내리쳐서 콱콱 깎아내며 말했다.

"고블린 놈들은 이런 것을 눈치 못 챈다."

작업하는 동안 주위를 살피는 건 소치기 소녀의 역할이었다.

그녀는 모포로 감싼 어깨를 끌어안으며 주위를 둘러보고, 부르르 몸을 떨었다.

"우물을 쓸 수 있다면, 좀 더 좋았을 텐데."

"고블린도 그렇게 생각한다."

하는 수 없다. 그는 그렇게 말하고 단검으로 계속 작업을 하더니, 얼마 안 가서 얼음에 구멍을 만들었다.

손을 넣어서 물 상태를 살폈다. 탁하지도 않고 맑은 물 같았다.

"병 같은 건, 괜찮을까?"

"마을이 있었다면, 걱정 없을 거다."

고개를 끄덕인 그는 가방에서 가늘고 검은 관을 꺼냈다.

한쪽 끝을 물속으로, 또 한쪽 끝은 입에 물고 빨아들여서 관 안을 물로 채운 다음에 물주머니로 집어넣었다.

다음은 미리 눈을 파서 만든 구덩이에 물주머니를 넣으면, 자연스럽게 물이 흘러 들어간다.

주위를 살피면서도 작업을 보고 있던 소치기 소녀가 신기한 기색으로 고개를 갸웃거렸다.

"이 관은, 무슨 마법 물품이야……?"

"수액을 통에 흘려 넣어서 굳힌 것이다."

그가 말했다.

"물주머니가 수면보다 낮은 곳에 있는 것뿐이다."

물은 높은 곳에서 낮은 곳으로 흐른다. 단지 그런 원리였지만 그는 설명이 서툴렀다.

"흐으응……."

아직도 반신반의하면서도, 소치기 소녀는 그의 옆에 앉았다.

그는 허리의 검에 손을 올리면서, 주위를 경계하듯 입을 다물었다.

소치기 소녀는 살며시 숨을 내쉬었다.

아무래도 그의 옆에 있고 싶어서 어쩔 수가 없었다. 떨어지면 분명히 죽어 버린다.

—그렇게, 생각하고 싶지는 않지만.

하얀 숨결에 섞여서, 소치기 소녀는 자신의 마음을 바깥으로 보냈다.

어리광부리고 매달려서, 그에게 전부 맡겨 — 지금도 다 맡기고는 있지만 — 버리면, 얼마나 편할까.

—그렇게 하면, 모든 것이 끝장이지만.

그가 어떻게 생각하든, 그녀에게는 그랬다.

"이것저것, 알고 있네?"

그렇지만 주변과 그의 모습을 교대로 보기만 해서는 침묵을 견딜 수가 없어서 말이 흘러나왔다.

"공부를 했다."

짧은 대답이었다.

"그렇구나."

소치기 소녀가 말하고, 추위를 견디려는 듯 무릎을 끌어안아 풍만한 가슴으로 붙였다.

"넌 똑똑하니까."

"……아니."

그는 낮게 신음한 다음에 고개를 옆으로 저었다.

철 투구에 가려진 표정은 알 수 없지만, 시선은 똑바로 물주머니를 향하고 있는 것 같았다.

"선생님은, 네놈은 바보라고 자주 말했다."

"선생님……? 네가?"

소치기 소녀는 눈을 깜빡였다. 진심으로 뜻밖이었다. 도저히 그렇게 생각할 수 없었다.

조금 몸을 그에게 붙이고, 방향을 바꾸어 얼굴을 들여다보았다.

평소처럼 싸구려 철 투구.

"나는 상상력이 없다."

그가 말했다.

"그래서, 금방 죽는다."

"죽는다……니."

소치기 소녀는 말을 잃고, 어떻게든 그것을 찾아보려고 했다.

"……너는, 살아있잖아."

살아있어 주지 않으면 곤란하다. 금방이라니. 아주 싫은, 생각하기도 싫은 말이었다.

"그래서, 아무도 할 수 없는 일을 하려고 하지 말라고 했다."

너는 그런 걸 할 수 있을 리 없다.

너는 자기가 다른 누구보다도 뛰어나다고 생각하느냐?

너는 어디에나 있는 바보니까, 남들 이상의 일을 할 수 있을 리 없다.

"흐응……."

소치기 소녀는 입술을 삐죽거렸다. 어쩐지 재미없었다.

얼굴도 본 적이 없는 선생님이란 사람이 그를 바보 취급하는 기분이 들었다.

"……그 자리에 있으면 화를 내줬을 텐데."

"그러나, 대답은 언제나 주머니 속에 있다고 배웠다."

"……응?"

그녀는 수수께끼 같은 말의 뜻을 금방 이해할 수 없었다.

고개를 갸우뚱 기울이자 그는 웃었다. —웃은 것처럼, 보였다.

"근성을 짜내서 생각하고, 자신이 할 수 있는 일을 해라……라고, 나는 생각한다."

"할 수 있는 일……."

"뭐든지다."

"뭐든지……."

"그래."

그는 물주머니에 손을 뻗어서, 내용물을 흔들었다. 찰랑 소리가 울렸다.

듬뿍 들어찬 것을 확인하고, 비어있는 또 하나의 주머니로 교환했다.

또 물이 차오르기 시작했다.

"마셔라."

"와."

그 가득 찬 물주머니를 그는 그녀에게 던졌다. 가슴팍으로 부드럽게 받아냈다.

"먹어 둬라. 아직 움직인다."

"아, 응."

소치기 소녀가 수긍하고, 오면서 주워 모은 손수건에 감싼 월귤을 펼쳤다.

맛은 그렇다 치고, 든든히 먹기에는 거리가 먼 양이었다.

"……너는?"

"이게 있다."

그렇게 말하고, 그는 검고 딱딱한 석이버섯을 투구 틈으로 집어넣었다.

소리를 내면서 씹고 있지만, 소치기 소녀는 도무지 맛있어 보이지 않았다.

—거기다가 그냥 날것으로 먹고 있어…….

그녀는「우음」하더니.

"좋아."

그에게서 나머지 버섯의 절반을 가로챘다.

"자!"

그리고 월귤을 절반 떠넘겼다.

"음……."

"절반씩, 먹자!"

소치기 소녀는 말대꾸를 듣지 않았다.

그녀는 그가 입을 다문 틈을 타서 석이버섯을 입으로 던져 넣었다.

상황은 알고 있었다.

아무것도 호전되지 않았다.

그러나 물은 차갑고, 버섯은 딱딱하고, 그리고 월귤은 시큼했다.

막간 「모험이 시작되기 전의 이야기」

드레스보다는 움직이기 쉽지만, 달리면 옷자락 틈으로 허벅지가 보이는 것이 창피하다.

아직 익숙하지 못한 의상에 대한 그녀의 감상이었다. 허둥지둥 복도를 달리기에는 자유롭지 못했다.

길고 긴 복도, 기다란 털의 융단을 박차고 달려서 가장 안쪽의 두꺼운 문을 밀어 열었다.

"오라버—가 아니라, 폐하! 소식을 알리러 왔습니닷!"

"에잇, 이번엔 뭐냐? 하늘의 화석이냐? 사교의 음모냐? 화룡이라도 날아오느냐? 내가 나서지!"

"폐하."

책상에 매인 유령 옆에서, 그 망언을 단칼에 내치는 것은 평소처럼 붉은 머리의 추기경이었다.

이상하게 존재감이 옅은 은발의 종자는 집무실 입구 옆에서 대기하며 어쩔 수 없다는 기색으로 고개를 저었다.

금사자와도 같다며 궁정의 부녀자가 찬사를 보내는 미장부도, 피로에 찌들어 있어서는 빛이 바래는 법이다.

왕매 — 이제는 지모신의 신도이기도 했다 — 는 무심코 쓴웃음을 지으며 「괜찮아?」 하고 고개를 갸웃거렸다.

"괜찮도록 하는 것이 왕후귀족이 보여야 할 모습이다."

젊은 왕은 심호흡을 한 번.

그리고 가혹한 경험을 하고서도 그늘이 없는 여동생의 모습을 눈부신 기색으로 보았다.

물론, 그것은 그냥 겉보기만 그런 것이리라. 걱정을 끼치지 않고자 밝게 행동하는 것이 틀림없다.

그렇지만 그런 배려를 할 수 있게 됐다는 것은 틀림없이 성장했다는 증거다.

지모신의 인도 덕분인가. 왕은 내심 짧게 신들에게 감사하며 고개를 끄덕였다.

"그러면 지모신의 사원에서 보고하는 내용을 들려주거라."

"응. 지식신님 쪽에서 달력을 맞춰보지 않으면 단언할 수는 없지만."

—올해 겨울은 역시 길어졌어.

"기후가 나쁘다는 것이 아니고 말인가?"

"북쪽 산에서 불어오는 바람이 평소보다 차가워졌으니까. ……여름에는 징조도 없었고."

"이번에는 천재지변이라……."

끼익. 왕이 의자를 삐걱거리면서 등받이에 기대는 소리에 맞춰서, 조용한 목소리가 의젓하게 울렸다.

"……상업 쪽이 조금 걱정 되는군요."

왕매가 「어머나」 하며 눈을 동그랗게 뜨는 것도 무리가 아니다.

집무실 한 구석의 내객용 책상과 의자에 서류를 산처럼 쌓아두고 있는 것은 낯선 여상인이었다.

상당히 전에 어딘가 야회에서 본 영애랑 닮은 것 같기도 하지만, 글쎄—?

"다들 기근을 걱정해서 팔지 않는다, 쌓아둔다. 그러면 돈과 식량이 유통되지 않으니까요……."

"……결과적으로 기근과 다를 바 없게 된다, 이 말이군. 정말이지 괘씸한지고."

그러나 오라비인 왕과 사무적이지만 척척 대화를 나누고 있다.

그렇다면 신용할 수 있는 인물일까? 붉은 머리 추기경에게 힐끔 눈짓을 하자 고개를 한 번 끄덕인다.

—그럼 괜찮겠네.

왕매의 사고회로는 심플해서, 오라비의 사람이라면 자기 사람, 그걸로 끝이었다.

"역시 모험가를 보내야 하겠군. 척후가 필요하다. 뒤지지 않는 기량이 있어야지."

"찾아보겠습니다."

장단이 잘 맞는 두 사람의 대화에 왕매는 주저 없이 입을— 자신의 의문을 끼워 넣었다.

"군으로는 무리인가요?"

"군은 전쟁을 하는 것이지, 기댈 곳 없는 북방변경을 탐색하기 위한 것이 아니다."

"……그리고 군을 움직이면 준비부터 병참과 사후까지, 또 돈의 문제로군요."

쓴웃음을 지은 국왕은 자신의 말을 보충하는 여상인의 말에 「그래」하며 고개를 끄덕이고 볼을 풀었다.

"군을 보내면 모든 것이 해결된다, 라고 생각해서는 병사와 백성이 가여워진다."

병사가 무한히 솟아나오는 마법의 항아리는 없다. 따라서 모험가가 나설 때가 있는 것이다. 그렇지 않다면 곤란하다.

"그렇지만, 다소 지치는 일이지. ……어디."

국왕은 선반으로 가서 올해판 모험가 식감을 펼치는 여상인에게 눈길을 주었다.

북방의 산으로 보낼 수 있는 모험가가 왕도 근처에 있었던가?

탐색에 뛰어나고, 민첩하며, 생환 능력이 높은, 실력 좋은…….

"정말이지. 너무 많은 것을 바라기는 한다만."

"한 명이 있기는 있습니다만……."

여상인이 난처한 표정으로 고개를 기울이며, 아름답고 단정한 손가락으로 페이지의 기술을 더듬었다.

"……대단히 까다로운 분이라, 받아주실지 아닐지는 도저히."

"세로로도 가로로도 기다란 계약서를 준비해서 넘겨주거라."

말미에 바라는 재보를 하나 주마, 라고 덧붙여 둬라. 국왕이 반쯤 내려놓은 기색으로 말했다.

"모험을 좋아한다면, 그저 그것만으로 받을 것이야."

제3장 『가벼운 발걸음으로』

모험가들은 동이 트는 것과 함께 도시를 출발하여 중간에 잠깐씩 쉬면서 점심 전에 입산을 이룩했다.

“히에에에……엑! 추, 추워……!”

물론, 신참 전사는 비명을 질렀다. 인식이 물렀던 것도, 체력이 없었던 것도 아니다.

눈보라였다.

약간 소강상태에 접어들었다지만, 산을 타고 내려오는 바람과 눈의 차가움은 혹독한 것이었다.

소문에 들은 서리 거인이나 얼음의 용이 뱉어내는 눈의 숨결이란 것이 이런 걸까?

그것은 너무나도 물러터진 상상이었지만, 지금 그에게는 위태롭다는 점에서 큰 차이 없었다.

외투 앞을 필사적으로 붙잡고서, 몸을 낮추며 산길을 기다시피 간신히 나아갔다.

뒤따르는 수습 성녀는 말도 못하는 꼴이고, 리자드맨 승려의 커다란 몸을 방패삼아 간신히 걷는 모습.

“맞지? 그러니까 말했잖아, 추울 거라고.”

그 두 사람에게 엘프 궁수가 자신만만하게 얄팍한 가슴을 내밀었다.

그녀의 기다란 귀도 쫑긋쫑긋 흔들— 아니, 흔들리지 않는다.

대나무 잎처럼 기다란 엘프의 귀는 지금 푹신푹신한 귀덮개가 지키고 있었다.

“그러니까 이런 장비가 필요한 거지! 후후후후, 사길 잘했어……!”

“춥다고 문자 그대로 귀가 찢어지는 건 엘프 정도밖에 없다마는.”

신이 난 엘프 궁수가 드워프 도사의 농담에 「뭐어야!」라며 덤벼드는 것은 늘 있는 일이다.

시끌벅적하게 시작되는 말싸움을 배경으로, 여신관은 리자드맨 승려의 상태를 살며시 살폈다.

“괜찮으세요?”

“으, 으음. 분명히 힘들기는 하네만.”

후두두. 그는 비늘에 달라붙은 눈을 떨쳐내면서, 손바닥을 펼쳐 끼운 반지를 보였다.

《브리싱》의 반지— 언젠가 고블린 슬레이어에게 빌렸던 것과 같은 마법의 물품이다.

덧붙여서 의상은 평소보다 몇 겹이나 두껍게 입은 것처럼 보였다.

“그러나, 그것을 넘어서는 것이 진화적응이란 것이 아니겠는가?”

아가미에서 폐부로 바꾸는 것보다는 훨씬 편한 법.

그렇게 말하며 가가대소하는 리자드맨 승려의 농담은 여신관이 이해하기 어려웠다.

그렇지만 그녀가 이렇게 행군을 견딜 수 있는 것도, 모두 1년 전의 겨울에 쌓은 경험 덕이다.

—성장, 이네요.

단순히 강해지기만 하는 것이 아니라, 경험을 쌓아가는 것.

외투의 옷깃을 단단히 누른 여신관은 응, 고개를 끄덕이고 경사에 도전했다.

석장을 짚고, 몸을 지탱하여 바람에 저항하며. 발을 앞으로, 앞으로, 위로.

회색 하늘에 가려서 태양의 빛은 전혀 내리쬐지 않는다.

어렴풋한 어둠은 사람을 현혹하는 안개 같아서 자칫하면 발목을 붙잡힐 것 같았다.

그래도 그녀는 계속 걷다가, 문득 중간에 생각이 나서 등 뒤를 돌아보았다.

—멀어.

얼마나 걸어온 것일까?

용이나 거인, 새나 바람이 가는 거리와 비교하면 별 것도 아니리라.

그러나, 하얀 눈과 회색 바위의 얼룩무늬가 뒤섞인 길은 터무니없이 긴 거리 같기도 했다.

고개를 들어서 보니 산의 정상은 구름 너머다. 도저히 걸어서 갈 수 있을 것 같지 않았다.

—산이란 건, 말을 가진 자의 영역이 아닐지도 모른다.

숨을 내쉬고, 그것이 하얗게 김이 되는 것을 바라보며 여신관이 생각했다.

모르는 사이에 양손이 매달리는 것처럼 석장을 잡았다.

"자비 깊은 지모신이여, 이 땅을 만드신 것에 감사를……."

지모신에 대한 기도였다. 가호를 바라는 것이 아니라 순수한 찬미.

신들이 만든 사방세계는 어찌나 이리도 커다랗단 말인가!

미답의 땅에 도전하는 것은 분명히, 그저 그것만으로 모험이 틀림없다.

"우우우, 지고신니임…… 신탁이 너무 흐릿해요오오……!"

그러나, 기어이 가혹한 등산을 견디지 못한 수습 성녀가 비명을 질렀다.

천칭검에 매달려서 히익거리며 말하는 모습은 과연, 아직 새내기 + 1이라 할만했다.

그래도 주저앉지는 않은 것에 여신관은 키득 웃고서 동료들과 시선을 나누었다.

부정의 색은 없었다.

"그러면, 잠깐 쉬었다 가요."

파티는 바람을 피하고, 동시에 눈사태에 말려들지 않을 법한 바위 뒤를 골라서 앉았다.

빙 둘러 앉아서, 중앙에는 드워프 도사가 촉매 가방에서 꺼낸 화석.

"《춤추거라 춤을 춰, 불도마뱀(샐러맨더). 꼬리의 불꽃을 나눠주거라》!"

눈 아래에는 젖지 않은 가지도 있고, 《틴더(착화)》의 술법은 이럴 때 중하게 쓰이는 법이다.

"그럼, 물을 준비할게요."

"그래, 부탁하마."

드워프 도사가 모닥불 앞을 양보해주자, 여신관이 주위의 눈을 넣은 냄비를 불에 걸었다.

잠시 상태를 살펴보니 금세 녹아서 물이 됐다. 그런 의미에서는 눈도 고마운 법이다.

“저기, 그대로는 안 되나요?”

쪼그려 앉아서 호흡을 정돈하던 수습 성녀가 조금 신기한 기색으로 말을 걸었다.

“눈을 그대로 입에 넣어도 물을 마신 게 되는 건 아니니까요.”

돌아보며 상태를 살핀 여신관이 「아, 그리고」라며 덧붙였다.

“두 사람 다 장비는 조금 느슨하게 풀어두세요. 몸이 편해지니까요.”

“그, 그래.”

“……이것저것 알고 있네.”

그들이 허둥지둥 배낭이나 갑옷의 끈을 느슨하게 풀자, 여신관은 살며시 가슴을 눌렀다.

—고블린 슬레이어 씨한테 배운 거지만요.

분명히 동료들은 눈치챘음이 틀림없다.

그렇지만 선배 노릇을 하는 그녀를 보면서, 그저 웃음을 짙게 짓기만 해주고 있었다.

그것이 어쩐지 부끄럽기도 하고, 그렇지만 기쁘기도 해서 여신관의 볼이 풀어졌다.

“그러면, 다음은 술이구먼.”

한편 허리의 병에서 화주를 듬뿍 따라 잔을 대접하는 건 당연히 드워프 도사였다.

“아, 네…….”

콩닥거리는 기색으로 잔을 받아 술에 입을 댄 신참 전사가 곧장 콜록콜록 기침을 했다.

"핫핫하! 기억해두거라, 아가. 이게 진짜 술이란 게다."

"네, 네에……."

씨익 웃은 드워프 도사가 이어서 수습 성녀에게도 잔을 돌렸다.

"자. 한 입이라도 마시지 않으면 몸이 식어서 못 움직인다."

"아, 저, 저, 저는, 술은……."

허둥지둥 황급하게 손을 흔드는 그녀를 지원하는 것처럼, 엘프 궁수가 당연하다며 코웃음을 쳤다.

"드워프의 화주를 좋다고 마시는 건 그야말로 드워프밖에 없다니까!"

말하면서 가방을 뒤진 그녀는「짠!」하고 입으로 말하면서 나뭇잎 꾸러미를 꺼냈다.

"이때 나오는 게 엘프의 과자란 거지!"

감싸둔 잎을 풀어내자, 단단하게 구운 과자의 달콤한 향이 둥실 떠돌았다.

"와."

마침 데운 물을 잔에 따르고 있던 여신관이 무심코 소리를 냈다.

그다지 먹을 기회가 많지는 않지만, 엘프의 과자는 이제 완전히 그녀가 좋아하는 음식이었다.

"자, 먹어, 먹어. 술 같은 건 마시고 싶은 녀석이나 마시라고 하면 돼~."

"고, 고맙습니다……. ……음?!"

엘프 궁수가 자랑스럽게 과자를 나눠주자, 수습 성녀가 조심조심 한 입. 그리고 얼굴이 확 밝아졌다.

다람쥐처럼 묵묵히 입에 집어넣는 걸 보니, 그녀도 이게 마음에 든 모양이다.

여신관도 엘프 궁수에게 데운 물을 건네면서 눈매가 살며시 내려갔다.

“후후후, 이거 맛있으니까요.”

“고마워. 그렇지? 자랑거리라니까, 자랑거리!”

뽐내면서 얄팍한 가슴을 내미는 엘프 궁수에게 드워프 도사가 「칫」 하고 작게 혀를 찼다.

“정말이지, 카미키리마루가 없으니 술 상대가 없어 난처하구먼.”

“하하하하하. 뭐 어쩔 수 없는 일일세.”

과자에 열중하는 아가씨들을 보면서, 신참 전사에게 물을 건넨 리자드맨 승려가 눈을 돌렸다.

“달고 맵고는 사람의 호불호, 소승도 이파리보다는 고기가 좋으니 식성은 어찌하기가 어려운 법이라네.”

리자드맨 승려는 화주를 벌컥 들이켜고, 바쁜 손놀림으로 가방에서 꺼낸 치즈 덩어리를 덥석.

커다란 턱을 열고서 양손으로 끌어안은 커다란 그것을 한 입, 두 입 깨물었다.

먹잇감을 통째로 삼키는 것처럼 뱃속으로 넣고는 「꺼억」 숨을 내뱉는 모습에 엘프 궁수가 키득키득 웃었다.

“정말로 치즈 좋아한다니까.”

“좋아하는 것이 있어 난처할 것 없지 않은가?”

한 입 달라고 가녀린 손을 뻗자, 리자드맨 승려의 손톱이 치즈 조각을 올려주었다.

엘프 궁수가 그것을 맛있게 입으로 던져 넣는 것을 수습 성녀와 신참 전사가 신기한 기색으로 보았다.

"왜 그러세요?"

여신관이 물어보자, 두 사람이 「아니」, 「그게」라며 쑥스럽게 볼을 긁적였다.

"이렇게 많은 사람끼리 모험을 한 적이, 거의 없어서."

"대부분은 언제나 둘이서만 다녔으니까……."

아아. 여신관은 납득했다. 처음에는 그녀도 당황했었다.

오우거와 대결하게 된 유적으로 가는 여행길— 불과 며칠 만에 익숙해져 버렸지만.

이유는 단순명쾌하게 하나.

"즐겁죠?"

그렇게 말하자, 두 소년소녀가 얼굴을 마주보더니 순순히 「응」 하고 수긍했다.

"나도 언젠가, 동료를 좀 더 늘리고 싶네."

"어머, 나만 있으면 불만이야?"

일부러 볼을 부풀리는 수습 성녀. 여신관은 컵에 든 데운 물을 내밀었다.

"죄송해요."

양손으로 그것을 받은 수습 성녀가 후우후우 불고서 목을 축였다.

"……하지만, 이렇게 떠들썩하다면, 그것도 나쁘지 않네."

"그러나, 방심하면 안 되는 법이니라."

그런 그녀에게 냉수를 끼얹는 것처럼, 드워프 도사가 씨익 웃으며 끼어들었다.

그는 직접 따른 화주를 마시면서, 수염에 묻은 서리를 후두두둑 벗겨냈다.

"이렇게 눈의 정령 녀석들이 춤을 춰대면, 빙신(氷神)의 딸에게 잡아먹힐 수도 있는 법이니라."

"그게 뭔데?"

엘프 궁수가 흥미진진한 기색으로 몸을 내밀었다.

"신이야? 천상의?"

"너는 상고(上古)의 엘프면서 옛날이야기 정도는 못 들었느냐?"

"기억하는 거랑 기억 안 나는 게 있단 말야."

찌릿 노려봐도 미안한 기색이 없는 엘프의 태도에 드워프 도사가 깊숙하게 숨을 내쉬었다.

"뭐, 신이라고 해도 하늘의 손이 아니니라. 원초의 거인 같은 종류일꼬."

"거인……."

여신관은 자기 컵에 숨을 불어넣고는 꿀꺽 데운 물을 마시고, 과자를 한 입 깨물었다.

—분명히, 작년 축제에서…….

수확제 와중에 다크 엘프가 불러내고자 했던 것은 태초의 거인이었다고 한다.

나중에 들은 사정이지만, 소환됐다면 어찌 됐을지…….

—아.

그것으로 연상이 일어나, 빛바랜 추억과 함께 피부를 드러낸 의상을 입고 했던 연무가 되살아났다.

확 빨개진 볼을 얼버무리듯 여신관은 데운 물에 숨을 불었다.

“신들의 전쟁유희도 이미 멀어졌다만, 아직 사방세계에 남아 있는 녀석이 있는 건 분명하도다.”

“강한 것인가?”

리자드맨 승려의 물음에 드워프 도사가 「그야 물론이지」라며 받았다.

신참 전사와 수습 성녀가 조심조심 서로에게 의지했다. 은 등급에게조차도 「강하다」라고 하는 건 상상이 안 된다.

“그 거인 놈들은 얼음의 신을 자칭하고 있느니라. 자신들의 영역에 들어온 자를 잡아먹지.”

“……딸은 상냥하거나 그렇지는 않아?”

부르르 몸을 떤 엘프 궁수의 질문에 답하지 않고, 드워프 도사는 술을 벌컥 들이켰다.

“**요리**를 잘 한다는구먼.”

“…………….”

여신관이 난처한 기색으로 볼을 긁적였다. 엘프 궁수가 당장 울 것처럼 한심스런 표정을 지었다.

“진짜인지는 알 수 없다마는. 그런 것이 이 산에 있다, 라는 소문은 있느니라.”

“그런 건 좀 더 빨리 말을 해야지……?!”

시들시들한 목소리를 흘리는 엘프 궁수에게 드워프 도사가 어깨를 으쓱거렸다.

"먼저 말했다가 아가들이 겁을 먹으면 곤란하지 않느냐?"

"우우, 지고신 니이임……."

천칭검에 매달려 눈물지으며 신의 이름을 읊는 수습 성녀.

신참 전사는 유감이지만 자신의 모험은 여기서 끝나버리는 것인가 하는 표정을 짓고 있었다.

뭐, 마음은 이해한다. 그리고 드워프 도사의 말도 이해는 하겠지만…….

"……너무 겁은 주지 말아주세요?"

살짝 언니누나 행세를 하면서 감싸는 것 정도는 괜찮지 않을까?

여신관이 아주 약간 강한 어조로 말하자, 드워프 도사가 「허허」 하며 즐거운 표정을 지었다.

"핫핫하. 미안하구나. 뭐, 방심하지 말라는 게다."

"……그렇네! 드워프가 하는 말은 믿을 수가 있어야지……!"

이 모루는 무슨 말을 하는 게냐. 드워프 도사의 험악한 시선도 신경 안 쓴다.

허세로나마 활기를 되찾은 엘프 궁수는 의기양양하게 활을 손질하기 시작했다.

거미줄의 현을 다시 걸고 꾹 당겨 상태를 확인하더니 응, 만족스레 고개를 끄덕였다.

그리고 아직 공포가 얼굴에서 빠져나가지 못한 후배 두 사람에게 서투른 태도로 한쪽 눈을 감아서 보였다.

"그런 녀석, 있다고 해도 내가 쏴죽이면 되니까 괜찮아!"

"그게 그러기도 어려워서 말이죠."

문득 뒤섞인 목소리에 대한 파티의 반응은 두 명을 빼고서 재빨랐다.

엘프 궁수는 화살을 메기고, 드워프 도사는 가방을 손에, 리자드맨 승려는 송곳니를 드러내고, 여신관은 끓인 물을 들었다.

"어? 어?"

곤혹스런 기색의 신참 전사와 수습 성녀 옆에서 길다랗고 하얀 귀가 쫑긋이 흔들렸다.

"덕분에 우리들도 굉장히 곤란한 처지랍니다."

태평한 어조로, 똑바로 선 하얀 토끼— 허리에 산악도(山岳刀)를 찬 토끼 수인이 코를 찡긋찡긋 움직였다.

"그런데, 나도 과자 하나만 받을 수 없을까요? 배가 고파서 못 견디겠어요."

§

"우리는 말이죠. 하루라도 안 먹으면 죽어버려요."

오독오독 과자를 앞니로 갉아먹으며, 토끼의 산악엽병(獵兵)이 태평한 기색으로 말했다.

폴짝폴짝 아무것도 아닌 것처럼 골라 나아가는 길은 경사가 격한 산길이었다.

"그런, 가……요."

뒤를 따르는 여신관은 숨이 차서 힘들었다.

어쨌건 여기는 높고, 대단히 공기가 희박했다.

엘프 궁수는「하늘이 넓어서 대기의(에어리얼) 정령이 흩어져 있으니까」라며 웃었다.

“뭐, 먹기만 하면 계속 움직일 수 있지만 말이죠. 이번 겨울은 너무 힘들어요.”

“분명히…… 겨울이 기, 니까요.”

어느 정도는 단련한 여신관마저도 석장에 매달려 간신히 나아가는 꼴이다.

신참 전사는 아직 오기를 부려서 걷고 있지만, 수습 성녀는 이미 리자드맨 승려의 등 뒤에 있었다.

“…………괜찮, 으세요?”

“뭐, 소승도 몸을 움직이지 않으면 힘들다네. 흙의 체온도 마침 딱 좋군.”

리자드맨 승려는 여신관의 배려에 대답하고 평소처럼 웃었다.

그러나 그 목소리는 평소보다 힘이 없었다. 리자드맨에게 추위는 치명적인 것이다.

“나처럼 귀덮개 쓸래?”

그걸로 뭐가 변하는 것도 아니겠지만, 엘프 궁수는 키득키득 웃으며 말했다.

그녀는 애당초 나무 위에서 살아가는 엘프이기 때문인지 움직임은 일절 흔들림이 없었다.

산악도를 허리에 차고 앞서가는 흰 토끼 엽병의 뒤를 기다란 다리로 경쾌하게 뛰어 따라간다.

"있지, 너는 귀덮개 필요 없어?"

엘프 궁수는 자신만만하게 자기 귀를 감싼 그것에 손을 대고, 흰 토끼 엽병에게 말을 걸었다.

"귀가 길면 춥잖아?"

"우리들은 모피가 있으니까요."

"……아, 그래."

곧장 축 늘어진 엘프 궁수에게, 최후미에서 오던 드워프 도사가 노골적으로 한숨을 쉬었다.

"이 모루는 아무래도 좋다만. 아직 도착은 멀었느냐?"

체력적으로는 문제가 없지만, 팔다리가 짧은 것은 어찌하기 어려웠다.

산과 드워프는 인연이 깊지만, 그들이 사는 곳은 산 아래다. 등산은 범주 바깥이리라.

토끼 수인들의 촌락을 향해 가는 여행은 드워프 도사에게는 상당히 어려운 일이었다.

"조금만 더, 앞으로 조금, 아주 약간 남았어요."

흰 토끼 엽병은 그렇게 말하고 훌쩍 다시 하나 바위를 뛰어넘었다.

"정말이지 참. 이렇게 된 것도 전부 다 얼음의 마녀 탓이라니까요."

이르기를— 토끼 수인들의 촌락은 나름대로 평화롭고 태평하게 살고 있었다고 한다.

"증증조 할아버지가 젊었을 무렵에, 산자락의 마을이 망하고 흄들이랑 인연이 끊어졌다고 하는데요."

"그렇게 옛날에……?"

여신관은 눈을 깜빡였다. 증조부라고 하면 벌써 100년 가까운 옛날 일이리라.

"아뇨아뇨."

흰 토끼 엽병이 말하며 기다란 귀를 흔들었다.

"그렇지만 우리들의 감각이니까요. 아마 100년 안 지났어요."

훌쩍 바위 위에서 다음 장소로 뛰어내린 흰 토끼 엽병이 어라, 고개를 갸웃거렸다.

"아, 거기."

그리고 아무것도 아닌 것처럼 한 점을 가리키고 덧붙였다.

"아래, 비어 있으니까 조심해요."

"우옷?!"

말하자마자 신참 전사가 눈 속으로 쏙 가라앉았다.

설비(雪庇)— 능선이나 틈에 불어와 쌓인 눈이 굳어져서 만들어진 눈덩어리. 천연의 허방다리다.

만약 떨어지면 탈출은 어렵다. 대부분은 즉사하지만, 그렇지 않더라도 금방 죽으리라.

"와, 와, 와, 와……!"

"붙잡거라!"

까딱하면 모험도 여기서 끝나버린다. 드워프 도사가 황급히 신참 전사에게 손을 뻗었다.

투박한 손이 아직 가는 손목을 붙잡아서 훌쩍 끌어올린다. 신참 전사는 눈 위에 주저앉았다.

떨어뜨릴 뻔한 곤봉도 다행히 끈으로 손목에 끼워놓은 덕분에 아직 매달려 있었다.

"다, 다행이다……."

"뭐 하는 거야……!"

리자드맨 승려의 등에서 수습 성녀가 날린 뾰족한 목소리에 신참 전사가 짤막하게 답했다.

"시끄러."

수습 성녀의 목소리에서 걱정을 느낀 엘프 궁수가 키득키득 목 안쪽으로 웃음을 굴렸다.

"흄한테는 안 보이니까, 이런 거."

훌쩍 물웅덩이를 피하는 것처럼 그녀가 설비를 뛰어 넘었다.

이쪽이야 하며 손짓하여 안전한 루트를 가리키면서, 그녀는 천천히 고개를 갸웃거렸다.

"뭐, 무사하면 괜찮아. 그래서, 얼음의 마녀가 어쨌다고?"

"우리들로서는 뇌조(雷鳥)나 사스콰치(눈사내)한테 가끔 동료가 잡아먹히는 것에는 딱히 불만이 없는데요."

산악도를 허리에 깊숙하게 찬 흰 토끼 엽병은 지친 것처럼 아이고야 고개를 옆으로 저었다.

"이번 겨울은 특히 그게, 일이 무척 커져 버렸어요."

"……그 전단계부터 꽤 크지 않아?"

엘프 궁수가 핼쑥한 표정이 되는 것과 동시에 리자드맨 승려가 눈을 빙글 돌렸다.

"약육강식이란 것은 세상을 돌고 도는 위대한 섭리일세."

"그래도 겨울의 시대가 온 기념이라면서 매일 사스콰치들한테 꿀

꺼덕 당해서야 버텨낼 수가 없어요."

다른 먹을 것까지 가로챘으니, 굶어 죽거나 잡아먹히거나.

불행 중 다행으로, 이유는 지독하지만 먹을 것과 주민의 수가 균형은 맞고 있지만…….

"우리들은 하루라도 안 먹으면 죽어버리니까요."

아까 그 말을 반복하며, 흰 토끼 엽병이 살며시 눈을 깔았다.

"겨울의 시대……?"

여신관은 그 말이 신경 쓰였지만, 당사자의 어조는 태평해도 웃을 일이 아니었다.

얼음의 마녀란 것이 이끄는 사스콰치의 무리가 마을을 덮쳐서 식량을 빼앗고 사람을 잡아먹는다.

모험가가 나설 차례다.

일의 전말에 따라서는 왕의 호령으로 군이 움직여야 할 사태일지도 모른다.

그렇지만 토끼 수인의 촌락은 다른 곳과 교류가 없고, 세금도 내질 않으니 이 나라의 일부라고 도저히 말할 수가 없었다.

구원의 손길은 없다. 아니…….

"……지고신님."

리자드맨 승려의 등에서 수습 성녀가 목에 건 성인(聖印)을 쥐었다.

무엇을 위한 신탁이었을까.

어째서, 자신들이 이 산으로 이끌렸는가.

그녀는 그것을 확신했으리라.

여신관은 그렇게 신앙을 확인하는 수습 성녀의 모습을 힐끔 살피고, 고개를 끄덕였다.

여신관의 얼굴에는 자연스럽게 웃음이 떠올랐지만, 내심은 복잡했다.

—나는…….

지모신님께서 그런 사명을 내려주실까?

사명을 분명히 다하고 있는 것일까?

자신의 신앙을 의심하는 일 따위 있어선 안 된다. 하물며 신에게 이런 감정은…….

—고블린 슬레이어 씨…….

문득, 여신관은 지금 그가 어디 있을까 생각했다. 벌써 도시에 돌아왔을까?

그는 자신이 없는 것을 어떻게 생각할까? 없다는 걸 알고서…….

신경 쓰지 않고, 또 홀로 고블린 퇴치를 하러 가버리는 걸까?

어째서인지, 이렇게 떨어지자마자 가슴이 술렁거리고 차분함을 잃었다.

여신관은 그를 너무나 만나고 싶은 자신을 깨닫고서 깊숙하게 숨을 내쉬었다.

—정말이지.

어린애도 아니니까요.

"호이, 호이. 자, 여러분. 이제 금방이에요."

뿅 마지막으로 한 번 뛰면서 흰 토끼 엽병이 가리킨 장소를 보는 것이, 여신관은 한순간 늦어졌다.

"와, 아……."

능선과 능선의 틈새, 갈라진 것 같은 계곡에 작은 소굴이 몇 개씩 뚫려 있었다.

모두 깔끔하게 색칠한 문이 달려 있고, 입구에서 뻗은 작은 가지는 문양 같았다.

흄의 것하고도 엘프의 것하고도 다른, 토끼 수인의 촌락이었다.

아쉬운 것은 바쁘게 오가는 토끼 수인들의 표정 — 길쭉한 귀가 — 이 약간 시들어 있다는 점일까?

“아……앗!”

“무슨 일이죠?”

수습 성녀가 낸 소리에 이끌려 여신관이 고개를 기울였다.

“저, 저기, 저거…… 저쪽!”

“저쪽……?”

“마을, 한 가운데……!”

응? 눈에 힘을 준 여신관은 다음 순간에 숨을 삼켰다.

“과연.”

엘프 궁수가 감개를 담아 중얼거렸다.

“전인미답이라는 건, 어렵네.”

촌락의 중앙, 탁 트인 광장에 가는 기둥이 하나 있었다.

그것은 대단히 녹슨 낡은 지팡이였다.

거꾸로 된 검과 천칭을 조합한 의장의— 낡은, 낡은 지팡이.

지고신의 가호는, 구원은, 분명히 이곳에 있었다.

§

“엄마! 지고신님의 사도를 데리고 왔어!”

“어머나.”

통통한 흰 토끼 사모님이 기쁜 기색으로 손뼉을 쳤다.

“그러면 밥을 먹어야지!”

그것은 마치 오랜 친구를 맞이하는 것처럼 따스한 환대였다.

흰 토끼 엽병의 집— 소굴은 흙에게도 작은 입구와, 리자드맨이라도 쉴 수 있는 거실로 만들어져 있었다.

천장은 조금 낮았지만 여름풀의 융단은 다리를 뻗기에 딱 좋았다.

무엇보다도 흰 토끼 사모님의 대접이 모두 마음이 담긴 것이었음은 말할 것도 없으리라.

그녀는 손님이 오는 것을 알고 있었던 것처럼 부단초의 붉은 뿌리 수프를 대접해주었다.

익숙한 맛은 아니었지만, 한 입 먹기만 해도 몸의 중심이 따끈따끈 데워지는 것 같았다.

“아아, 소승은 됐다네.”

모두가 요리를 먹는 가운데, 리자드맨 승려는 미안한 기색으로 말했다.

“이파리는 아무래도 입에 맞지를 않는다네.”

“어머나, 그건 죄송합니다. 남편이 없는 탓에…….”

“무슨 일이 있으신 건가요?”

여신관이 한 입, 두 입 입가에 숟가락을 옮기면서 물었다.

"아빠는 맛있는 파이가 돼 버렸어요."

흰 토끼 엽병은 한 가운데의 보울에서 집은 순무를 날것으로 깨물어 먹으며 울적하게 말했다.

"아, 죄, 죄송합니다……!"

황급히 고개를 숙인 여신관에게 흰 토끼 엽병이 「괜찮아요 괜찮아」 하고 손을 흔들었다.

"우리는 신경 안 쓰니까, 죽어버린 건 어쩔 수 없는 거고."

"……그보다도, 괜찮아?"

화제를 억지로 바꾸려는 것처럼 엘프 궁수가 어렵다는 표정으로 말했다.

"먹을 걸 뺏겼다고 했었지? 그런데 이렇게 먹여주다니……."

잠깐, 수습 성녀가 신참 전사의 옆구리를 팔꿈치로 찔렀다.

신참 전사는 마침 세 그릇째 수프를 비운 참이었다. 「뭐」 하고 입술을 삐죽거린다.

"아아, 괜찮아요."

토끼 사모님이 생글생글 기분 좋게 말했다.

"손님을 대접하지 않아서야 우리들 토끼 수인의 명예가 꺾이는걸요."

"아아."

당근을 짜낸 즙으로 술 대신 목을 적시면서 드워프 도사가 수긍했다.

"여행자를 위해서 스스로 불에 몸을 던지던가 하는 이야기구먼?"

"그 마음을 신이 인정해서, 저희들에게도 기도를 가르쳐주셨답니다.”

“그러니까…… 먹어도 돼?”

잘 모르는 기색의 엘프 궁수에게 리자드맨 승려가 「그러니까 말일세」라고 말했다.

“리자드맨에게는 리자드맨의, 엘프에게는 엘프의, 토끼 수인에게는 토끼 수인의 신화가 있다는 것일세.”

“그러니 토끼 수인의 대접을 사양하는 게 더 실례라는 게다.”

자, 먹거라 먹어. 부추기는 드워프 도사를 엘프 궁수가 「네가 할 말이야?」라며 곁눈질로 노려보았다.

“하지만 정말이에요.”

토끼 사모님이 유쾌하게 눈웃음을 지었다.

“듬뿍 드세요.”

그리고 두 그릇째 수프를 따르자, 아무리 엘프 궁수라도 눈매가 누그러졌다.

예부터 맛있고 따스한, 마음을 담은 식사를 이길 자는 없는 것이다.

“그, 그러면, 또 한 그릇…….”

여신관이 유혹에 져버린 것도 어쩔 수 없는 일이리라.

물론 그것은 토끼 수인의 그릇이 다소 이상으로 작은 탓도 있었지만…….

“그리고, 저기…… 얼음의 마녀에 대해서, 인데요.”

어흠. 헛기침을 하고서 여신관이 말을 꺼낸 것은 식후에 차를 마신 다음이었다.

암라 차는 쌉사름하고 탕약 같지만 한 입 마시자 입 안이 상쾌하게 정화된다.

말도 부드럽게 나오니 고마운 일이었다.

"응, 뭐, 아까도 말했지만 산속의 사스콰치들은 우리들에게 늘 있는 일이었어."

컵을 폭신폭신한 양손으로 들고서, 다리를 휙휙 흔들며 흰 토끼 엽병이 말했다.

"올해는 겨울이 길어서 힘들 거라고 생각은 했었어. 그랬더니 예상대로……."

그때였다.

쿵. 지면을 흔드는 것 같은 발소리 — 발소리다 — 와 함께, 북 소리가 울려 퍼졌다.

뱃속까지 울리는 그 소리에, 무심코 엘프 궁수와 여신관이 몸을 떨었다.

겨울이다. 겨울이다. 우리들의 계절이 찾아왔다.

자 마법의 부적을 치켜들어라.

주문을 펼쳐라. 소리를 내라.

주사위 따위에는 눈길도 안 주고.

지혜와 힘이 우리들의 무기다.

자아자 결투다. 승부를 하자.

얼음의 마녀가 말한대로다.

약한 녀석은 산에 필요 없다.

죽은 자의 여름은 지나갔구나.

산에는 흑련도 흐드러진다.

겨울이다. 겨울이로다. 우리들의 계절이 찾아왔다!

그것은 우르르릉. 천둥 같은 탁한 노랫소리였다.

"이, 이거 뭐야……?!"

황급히 귀덮개를 벗은 엘프 궁수가 눈을 깜빡거렸다.

"……와 버렸네에, 저 녀석들."

떫은 표정을 지은 흰 토끼 엽병이 뿅 일어섰다.

"엄마, 엄마, 얼른 식량고에 숨어요."

"그래그래."

"그리고 남동생이랑 여동생이랑 남동생이랑 남동생이랑 여동생이랑 남동생이랑 여동생도 부탁해요!"

"금방 뛰어서 돌아올 거야."

황급히 재촉하는 흰 토끼 엽병과 느긋하게 응답하는 토끼 사모님.

두 사람에게서 시선을 돌리고, 모험가들 — 신참수습 두 사람이 아닌 — 은 창가에 달라붙었다.

리자드맨 승려가 거구를 쓱 숙여서 드워프 도사와 나란히 바깥을 살펴보았다.

"보이시는가?"

"어렵구먼. ……어이, 어떤고?"

엘프 궁수에게 물어보자 「안 보여」 하며 낮게 속삭이고 기다란 귀를 떨었다.

"하지만 들리는 소리랑 발소리는 셋. 적은 셋이야."

"응, 맞아요."

흰 토끼 엽병은 벽에 세워둔 산악도를 허리에 척 찼다.

"늘 오는 셋이야. 오늘이야말로 목을 날려주겠어……!"

여신관은 입술에 하얗고 예쁜 손가락 끝을 대고서 「응」 하며 생각에 잠겼다.

적의 습격. 맞서 싸워야 한다. 망설일 것도 없다.

—고블린 슬레이어 씨라면.

하지만 그 사람이라면 망설이지 않고서, 그러나 생각하고 움직인다.

노래. 거인. 마녀.

"……저희들도, 가요."

여신관은 결단적인 목소리로 말했다.

"그걸 위해서, 온 거니까요!"

모험가들은 망설임 없이 고개를 끄덕였다.

이번에는 신참 전사와 수습 성녀도 늦지 않았다.

§

"자아, 우리들과 결투하는 건 어느 놈이다냐?"

"나다!"

계곡에 울리는 시끄러운 목소리에, 용감한 들토끼 소년이 소굴에서 뿅 뛰쳐나왔다.

털이 무성한 사스콰치는 하얀 모피를 가진 기이한 사람의 형태였다.

선조인 원초의 거인들보다는 상당히 쇠퇴해서, 언뜻 보기에 대형

원숭이처럼 보인다.

그러나 키는 10피트(약 3미터)를 가볍게 넘고, 온몸은 근육으로 부풀어 올랐다.

몸집이 작은 토끼 수인이 보기에는 그야말로 우뚝 설 정도로 거대한, 문자 그대로 거인이랄 수 있었다.

"그렇구나다, 너다냐."

"어떻게 해줄 까다."

"힘겨루기느은, 우리들이 이기니까다."

게다가, 그것이 셋이나.

우둔해 보이는 표정으로 빙글빙글 웃는 그들이 바로 이 촌락을 위협하는 자들의 한 자락이 틀림없었다.

결투—라는 말을 꺼낸 것도 물론 이 사스콰치들 쪽이었다.

날뛰면 이길 수 있다는 건 알고 있다. 이런 촌락 따위 나무조각이나 마찬가지다.

그러나 그래서는 재미가 없지 않은가?

그래서 사스콰치들은 말한 것이다. 우리들이랑 승부를 해서 이기면 살려준다고.

그 대신 진 녀석은 마음대로 한다. 먹거나, 장난감 삼거나 한다.

물론 토끼 수인들은 받아들이는 수밖에 없다.

날뛰어서 몰살당하는 것보다는— 그나마 낫다.

"좋았어다. 그러면 달리기다아."

사스콰치 한 마리가 그렇게 말하고, 마을 변두리에 있는 월귤의 수풀을 가리켰다.

"저기 있는 열매를, 먼저 딴 사람이 이긴다아. 괜찮다냐?"

"좋아!"

들토끼 소년이 기합을 넣고 준비하자, 사스콰치가 「시이작!」 하고 외치자마자 달렸다.

그는 마을에서 제일은 아니지만 발이 빠르고, 마을의 지형도 숙지하고 있었다.

재빠르고 재치도 있으니 이길 수 없다손 쳐도 지지는 않을 셈이었다.

그것을 사스콰치는 쿠웅 한 걸음 만에 짓밟았다.

"————윽?!?!"

비명은 말이 못 되고, 대신 소굴 안에서 지켜보던 주민들이 비명을 질렀다.

그리고 사스콰치는 두 걸음째에 더욱이 거리를 좁히고, 세 걸음째에서 월귤의 수풀을 어엿하게 따냈다.

"하하아, 내가 이겼다아."

"아……으……이……으……윽."

온몸의 뼈가 바보가 된 것 같았다.

처음에는 고통조차 느끼지 못하고, 숨도 못 쉬는 충격뿐이었다.

그러나 이제 들토끼 소년은 손가락 하나 까딱하지 못하게 되었다.

고통에 몸부림쳤지만, 그 통증이 몇 배, 몇 십 배가 되어 온몸에 흐르는 것이다.

마치 벼락을 맞은 것 같다—라고 생각할 여유마저 없었다.

그는 마지막까지 그럴 수도 없었다.

귀를 붙잡혀서 들리더니, 통째로 입에 들어가는 것마저 그는 깨닫지 못했으리라.

“우으음. 토끼는 잔뼈가 많은 것치고 고기가 적어서 안 된다아.”

“너어, 뭐다냐. 뭐든지 먹는 주제에 미식가 행세다냐?”

“역시 양이 적은 게 좀 아쉽다아.”

“그리고 산 채로 잡아오라고 했었잖아다.”

“한 마리 정도 먹어도 모른다니까다.”

우득우득, 으직으직 씹고 부수면서 태평하게 대화한다.

그제야 현장에 도착한 여신관 일행은 그것을 전율과 함께 지켜보았다.

“늦었어요……!”

벽 뒤에 숨어서 양손으로 꾸욱 석장을 쥐고 이를 악물었다.

—일찍 도착했다고 해서, 뭔가 할 수 있었을 것 같지는 않다.

여신관은 내심 떠오른 그 약한 마음을 필사적으로 부정하고 사스콰치들을 노려보았다.

그런 생각은 싫어했다.

적어도 그날 그때, 고블린의 소굴에 쳐들어간 동료들의 행동을 틀렸다고 할 수는 없었다.

그녀만은 말해선 안 된다. 그럴 것이다.

“어, 어떡하지…….”

“뻔하지!”

수습 성녀가 미처 결심하지 못하고 어쩔 줄 모르는 표정으로 중얼거리자 흰 토끼 엽병이 외쳤다.

“다음은 내가 간다!”

“바보야……?!”

신참 전사가 외쳤다.

“그만 두라니까, 저 크기를 봤잖아?!”

“이~거~놔~!”

황급히 그가 붙잡자 흰 토끼 엽병이 버둥거렸다.

다행히 근력은 신참 전사가 이기는 모양이라, 여신관은 일단 상황 확인에 의식을 되돌렸다.

적은 셋. 거대하고, 힘이 있다. 신참 전사 말이 맞았다.

속도는 늦다. 그렇지만 체격차이로 보충한다. 지혜는— 어떤 걸까?

—고블린 슬레이어 씨라면…….

여신관은 평소 그의 태도를 뇌리에 떠올렸다. 그리고 그대로 했다.

“어떻게…… 보세요?”

“글쎄…….”

리자드맨 승려가 재미있다는 기색으로 눈을 돌렸다.

의도가 들킨 것 같아서, 여신관이 눈을 깔았다. 얼굴이 뜨겁다.

“거한은 온몸에 지혜가 돌지 못한다는 것도 틀린 말은 아니네만…….”

리자드맨 승려는 그렇게 말하고 손톱으로 자기 얼굴을 톡톡 두드렸다.

“중요한 것은 몸에 대한 뇌의 크기, 그 비율. 단순하게 말하는 영리함이란 다시 말해서 이걸세.”

“응…… 흄보다도 머리가, 작을지도. 원숭이 정돈가?”

엘프 궁수가 눈에 힘을 주고서 척 세운 엄지를 이용해 눈으로 가늠했다.

"그렇다만, 정면으로 싸우기엔 장소가 나쁘구나."

그 옆에서 표정을 찌푸린 드워프 도사가 기분 나쁜 기색으로 술을 들이켜며 말을 이었다.

"마을 안이 아니더냐. 놈들이 날뛰면 큰일이 난다."

"따라서, 정정당당하게 정면으로 결투를 받아 정면으로 앞서는 것이 상책일까 하네."

리자드맨 승려가 말하고, 말을 마무리 지었다.

"그러면, 어찌하실 셈인가?"

파티의 시선이 여신관에게 모였다. 신참 전사에게 붙들린 흰 토끼 엽병도 그녀를 보았다.

—그러, 니까…………….

여신관은 하얗고 형태가 단정한 검지를 입술에 대고서 생각에 잠겼다.

"으음."

시간은 얼마 없다. 수단은 한정적이다. 생각을 정리해야 한다. 머리를 돌려야 한다.

—그 사람도, 언제나 그랬으니까요.

그렇게 생각하자 조금 입술이 풀어졌다. 아주 약간, 마음이 편해졌다.

"……그럼 해요."

하자, 라고 생각했다.

"방법은, 있어요."

§

"제가, 상대하겠어요!"

늠름하게 울려 퍼진 그 목소리에 사스콰치들이 눈을 깜빡거렸다.

토끼 수인들의 마을 안, 작은 건물 뒤에서 몸집이 작고 깡마른 계집이 걸어 나왔다.

흄이다. 신관의 옷을 입고 손에는 석장을 쥐고 있다. 모험가다.

사스콰치들이 얼굴을 마주보더니 씨익 웃음을 지었다.

"뭐다냐, 너느은. 응? 머리부터 먹히고 싶은 거다냐?"

"그리고, 장난감으로 쓰는 것도 나쁘지 않다아."

"관둬라다, 관둬라다. 찢어져서 배부터 터져 버릴 거다아."

저열한 — 이라고 당사자들은 생각하지도 않는다 — 웃음소리에 계집의 몸이 움찔 굳어졌다.

그것이 또 참으로 유쾌하여, 사스콰치 놈들은 시끄러운 웃음 소리를 더더욱 계곡에 울렸다.

"저, 저는……."

"그녀의 이름은, 아무도(No Man) 아니다."

소녀의 떨리는 목소리 뒤에서 묵직한 목소리가 불쑥 울렸다.

보아 하니 땅에서 돋아난 것처럼, 사스콰치랑 비교하면 자그마한 리자드맨의 모습이 있었다.

"선조에 걸고, 그대들과 승부하는 자. 다름 아닌 아무도 아닌 소녀로소이다.”

소녀가 황급히 리자드맨에게 고개를 숙이는 걸 무시하고, 어허? 사스콰치들이 고개를 갸웃거렸다.

저 리자드맨은 혼돈의 권속일까?

알 수 없다. 그냥 무시해도 된다. 차라리 잡아먹을까?

그렇지만 혼돈의 권속이라면? 얼음 마녀의 친구라면?

나중에 호되게 혼나는 건 싫었다.

그리고, 저 녀석은 맛이 없어 보였다. 먹을 거라면 계집아이가 좋다.

그럼 결정됐다.

“좋~아다, 그러면, 그거면 된다아.”

사스콰치 중 한 마리가 본인으로서는 관대하고 잘난 동작으로 고개를 끄덕였다.

“그래서, 승부는 뭘 할 거다냐?”

“그러니까, 그러면…….”

아무도 아닌 소녀가 두리번거리며 주위를 둘러보고 생각에 잠기는 모습을 사스콰치들은 진심으로 즐겼다.

별 것도 아니다. —처음부터 이길 거라고 아는 승부인 것이다.

질 리가 없다. 그러니 즐겁다.

혼돈의 권속, 기도하지 않는 자 특유의 오만하고 역겨운 생각이었다.

“그러면, 저 나무를.”

이윽고 소녀가 가리킨 것은 마을 변두리에 있는 나무 한 그루였다.

“저 나뭇잎을 처음으로 떨어뜨린 사람이 이긴다……라는 건 어떤

가요?"

"나느은, 상관없다아."

"그리고……."

소녀는 조금 불안하게 떨리는 목소리로 이렇게 덧붙였다.

"단, 상대의 몸에 닿으면 안 된다는 약속으로……."

"좋다아, 좋다아."

사스콰치는 히죽히죽 웃으며 수긍했다. 등 뒤에서 기다리는 동포들에게 시선을 주면서 고개를 끄덕였다.

"그렇지만서도, 지면 우리들의 **선물**이다아. 알지다?"

"네."

여신관이 수긍했다.

"마음대로 하세요."

"그러면, 준비 땅이다아!"

한 걸음 나아갔을 때, 이미 그는 이겼다고 생각했다. 머릿속에는 그 다음 일로 한가득이다.

날로 먹는 것도 질렸으니까, 이쯤에서 요리를 조금 해보는 것도 나쁘지 않다.

고기를 다져서 구워 먹는 건 어떨까?

머리가 터지지 않을 정도로 잡아서 들어 올린다. 소녀는 버둥거리며 벌레처럼 다리를 흔들면서 몸부림 칠 것이다.

그때 한 손의 손가락으로 저 계집의 배나 가슴을 쿡쿡 찔러주는 것이다.

분명히 엉엉 울 것이 틀림없다. 그리고 적당한 때에 팔다리를 찢어야지.

그런 일이 죽을 때까지 이어지는 걸 알면, 저 계집은 어떤 표정을 지을까?

그 다음에 정말로 죽을 때까지 두들겨서 너덜너덜하게 뭉개면, 조금은 양도 늘어날 게 틀림없다.

그래서 두 걸음째 나아갔을 때 그는 깨닫지 못했다.

아무도 아닌 소녀가 돌멩이에 끈을 감아서, 붕 휘두른 것 따위는 보지도 않았다.

돌멩이는 소리를 내면서 날아가 사스콰치의 머리 옆을 지나쳐서 나무줄기에 명중했다.

파사삭 메마른 소리와 함께 나뭇잎이 후두둑 떨어졌다.

"해냈어요……!"

"뭐, 다……?!"

사스콰치가 짖으면서 발을 돌려, 빙글 돌아보았다.

이를 드러낸 그는 치사하다, 지금 그건 무효다, 따위를 말하고자 했으리라.

그러나 그가 다음 순간에 본 것은 자신을 향해 똑바로 날아오는 자갈이었다.

그리고 그것이 이마에 맞는 둔탁한 소리가, 그가 들은 마지막 소리였다.

사스콰치는 자신이 앞으로 쓰러진 것도 모른 채 의식이 어둠 속으로 가라앉았다.

유사 이래, 거인은 흄의 투석에 약한 법이니…….

§

"해냈어요……!"

여신관이 외치고, 쿠궁 소리를 내면서 쓰러지는 사스콰치를 가리켰다.

"이긴 저에게는, 그러니까…… 권리가 있어요!"

리자드맨 승려가 「암」 하고 수긍하지만, 물론 사스콰치 놈들은 그런 판결에 따를 생각이 없었다.

흥분하고, 가슴을 두드리면서 위협하더니 거친 소리로 울부짖었다.

"형님! 형님이 당했다아! **아무도 아니다**에게 당했다아!!"

그러나 소리치면서도 여신관을 향해 달린 그 한 마리는 역시 영리하다고 할 수 없었다.

그는 죽은 형과 마찬가지로, 여신관을 집어 올려 짓뭉개는 것밖에 머릿속에 없었으리라.

"《흙의(노움) 정령, 물의(운디네) 정령, 근사한 잠자리를 마련해 주거라》!"

그래서 발치에서 드워프 도사가 얼쩡거리는 것을 깨닫지도 못했다.

눈이 눈앞에서 진흙으로 변화하더니 그 덩치에 맞는 무게를 지탱하는 발을 쑤욱 가라앉혀서 붙잡았다.

"우, 오, 오……?!"

"아~아, 정말! 나는 왜 요즘 이런 힘쓰는 일밖에 없는 거지……!"

그래서 당연히, 엘프 궁수가 밧줄을 온통 둘러치러 돌아다닌 것도 상상조차 못했다.

"으, 누와아악?!"

그런 상태에서 버틸 수 있을 리가 없으니, 사스콰치의 커다란 몸이 기울어졌다.

그리고 그대로 꼴사나운 비명과 굉음과 함께, 사스콰치는 옆으로 넘어졌다.

파악. 눈이 물보라처럼 피어오르고, 쓰러지면서 머리를 부딪힌 사스콰치는 의식을 놓쳤다.

"결투의 결과는 나왔다!"

그 무렵에는 리자드맨 승려가 돌에 맞은 거인에게 뛰어들어서 작법에 따라 마무리를 짓고 있었다.

피에 젖은 그가 외치는 선언은, 용도 이러랴 싶을 쩌렁쩌렁한 포효였다.

"저항한다면 다음은 저쪽, 그 다음에는 네놈의 모가지를 잘라내고 심장을 바쳐주마!"

"우, 우우우우……!"

마지막 한 마리가 된 사스콰치는 이미 선택의 여지가 없었다.

리자드맨 놈들은 한다고 하면 한다. 질서든 혼돈이든 상관없다.

그는 죽은 형제, 기절한 형제를 힐끔 힐끔 곁눈질로 살피고 뒤로 물러섰다.

그리고 그 점에서 그는 형제들보다는 현명했다고 할 수 있으리라.

"아무도 아니다! 아무도 아니다한테 형님이 당했다아아!!"

그는 황급히 형제를 들쳐 메고, 엉덩이에 돛이라도 단 듯 산 속을 향해 달렸다.

쿵, 쿵. 멀어지는 발소리를 들으며 리자드맨 승려는 진심으로 만족스레 고개를 끄덕였다.

“그러면, 이런 안배면 되겠는가?”

“네. ……고맙습니다.”

여신관이 가녀린 가슴에 손을 대고서 살며시 한숨을 쉬었다.

심장이 경종처럼 울렸다. 잘 돼서 정말로 다행이다.

—운에 맡기는 건 싫으니까요.

“굉……장해.”

“쓰러뜨려 버렸어…….”

그런 그녀가 제정신을 차린 것은 설마 할 때를 대비하고 있던 두 사람의 말 덕분이었다.

흰 토끼 엽병을 붙들고 있던 신참 전사와 수습 성녀가 눈을 동그랗게 뜨고 있었다.

“어쩌다가, 예요. ……정말로, 어쩌다가.”

그 시선이 너무나 쑥스러워서 여신관은 수줍게 웃었다.

“고블린 슬레이어 씨라면, 훨씬 더 잘 했을 거예요…….”

분명히. 덧붙이자, 두 사람은 뭐라 말하기 어려운 표정을 지었다.

—어째서일까?

여신관은 이상한 말을 했나 싶어서 고개를 갸웃거렸다.

“하지만, 말이지. 불평은 아닌데요. 신관님이잖아?”

흰 토끼 엽병도 신기하기는 마찬가지인가 보다. 기다란 귀를 흔들면서 조심스레 말을 이었다.

“저건 속임수 같은 거 아냐? 괜찮아요?”

"어."

여신관은 진심으로 뜻밖이란 기색의 소리를 흘렸다.

"그치만 저는 건드리지 않았는걸요?"

처음에 정한 것처럼.

이윽고 합류한 엘프 궁수가, 그 말을 듣고서 말없이 하늘을 우러러 본 것은 말할 것도 없었다.

제4장 『폐촌의 암살자』

Goblin Slayer
He does not let anyone roll the dice.

두 사람이 발견한 은신처는 반지하의 창고였다.

본래는 민가의 식량고였으리라.

죄다 삭아버렸어도 소치기 소녀에게는 낯익은 구조였는지, 어쩐지 조금 차분해졌다.

"고블린 놈들이 뒤진 다음이군."

고블린 슬레이어는 그렇게 말하고, 부서진 통 속을 건져냈다.

아무리 고블린이라도 왕겨투성이가 된 곡물을 먹을 생각은 안 드는 모양이다.

"그래 보여도 놈들은 사치스러우니까."

바깥의 추위와 떨어져, 따뜻하지는 않더라도 바람과 눈을 피할 수 있는 장소다.

소치기 소녀는 구석 쪽에 앉아서 숨을 내쉬고 있었다.

"여기라면, 괜찮아?"

"단언할 수는 없다."

그녀가 말하지 않아도, 말머리에 「한동안」이 붙어 있는 것을 알 수 있었다.

고블린 슬레이어는 입구 옆에서 허리의 검을 끌어안고 앉아 있었다.

바깥 상황을 보기 위해서 때때로 철 투구를 기울인다. 지금은 눈보라 소리밖에 들리지 않는다.

"한 번 조사한 장소를 또 금방 조사할 정도로 놈들은 부지런하지 않다."

말을 끊은 그는 「그러나」라고 말을 이었다. 목소리에 피로가 배어 나오지 않도록 노력했다.

"상대는 고블린이니까."

"……응."

소치기 소녀는 작게 고개를 끄덕이고, 입을 열었다가 금방 닫았다.

뭔가 말을 해야 한다고 생각했을까.

고블린 슬레이어는 철 투구 안에서 눈만 움직여 그녀를 보았다.

"뭔가."

"아니."

소치기 소녀는 고개를 옆으로 저으며 힘없이 웃었다.

"아무것도 아냐."

"그런가."

"……있지."

"왜 그러나."

"돌아가면, 뭐 먹고 싶어?"

고블린 슬레이어는 조금 생각했다.

그러나 생각할 것도 없는 일이었다.

"스튜."

"그거, 좋아하네."

"그래."

고블린 슬레이어는 짧게 수긍하고 입을 다물었다.

소치기 소녀는 그를 보고 다시 입을 열었다가, 역시 금방 입을 다물었다.

말할 때가 아니라는 것을 깨달은 것이다.

그것은 눈을 짓밟는 소리였다.

눈보라에 섞여서 울리는, 가벼운, 그리고 거침없는 발소리.

―고블린.

윤곽이 창고의 입구에 드리우는 것과, 그가 움직인 것은 거의 동시였다.

"GOROGB?!"

태평하게 하품을 흘리는 고블린의 입가에 손을 돌리고, 뽑아 든 검으로 목젖을 찢어버렸다.

검붉은 피가 피리 같은 소리와 함께 뿜어져 나와서, 피보라가 소치기 소녀의 얼굴에까지 튀었다.

"힉……?!"

소치기 소녀가 간신히 억누른 비명에 고블린 슬레이어가 짧게 혀를 찼다.

그는 그녀를 탓할 생각은 일절 없었다. 모든 것은 그 자신의 책임이었다.

그래서, 그 뒤에 일어난 일도 마찬가지였다.

그 고블린은 고블린치고는 정상적이게도 땡땡이를 치고자 했다.

그렇지만 명목은 모험가의 탐색이다. 손에는 검을 쥐고 있었다.

물론 고블린에게 동료를 위한 자기희생 따위의 말은 없었다.

고블린어라는 것을 연구했다고 해도, 분명히 발견되지 않으리라.

그 고블린은 그저 마지막 기세로 검을 휘둘렀을 뿐. 육체의 불수의한 움직임에 지나지 않는다.

그렇지만 그것은 부서진 통의 측면을 때려서 썩은 통을 부수기에 충분했다.

그리고 통 위에는 잡동사니가 쌓여 있었고, 그것이 소리를 내면서 무너져 내렸다.

"……음!"

고블린 슬레이어는 그 우당탕하는 소리가 주사위를 던지는 소리 같았다.

그런 것은 빌어먹어라였다.

"뒤로 돌아가라!"

"어, 아……으, 응!"

소치기 소녀는 얼굴에 묻은 피를 비벼내더니, 황급히 일어서서 그를 따랐다.

그가 고블린의 시체를 창고 안으로 차서 집어넣고, 바닥을 다졌다. 소치기 소녀는 몸을 떨었다.

"도망 안 쳐……?"

"당장은."

고블린 슬레이어는 재빨리 가방 안에서 로프를 꺼내 입구의 낮은 곳에 쳤다.

그리고 입구 옆에서 검을 들고 숨을 정돈하며 기다리기를 몇 초.

귀가 찢어지게 외치는 소리와 함께 우다다다 달려오는 발소리. —

고블린이다.

“GOROBG! GOROBGGGB……?!”

뛰어들어온 고블린이 로프에 다리가 걸려 넘어지고, 고블린 슬레이어는 검을 내리쳤다.

“둘!”

척추가 부서진 고블린은 소리도 내지 못하고 경련하기만 하는 고깃덩어리로 변해 버렸다.

소치기 소녀도 이번에는 비명을 지르지 않았다.

다만 그가 다음에 어떻게 움직이더라도 금방 대응할 수 있도록, 몸을 긴장시키고 있는 것 같았다.

“셋!”

다음 고블린이 또 넘어지고, 고블린 슬레이어는 지방으로 무뎌진 칼날을 연수에 찔러 넣었다.

숨통을 끊는 것 자체는 간단하다. 문제는 그것을 계속하는 것이다.

고블린 슬레이어는 검을 그대로 두고, 고블린이 놓친 창을 주웠다.

이미 입구에는 검은 그림자가 드리우고 있었다. 고블린 슬레이어는 확인하지도 않고 창을 겨누었다.

“넷!”

“GROGOBG?!”

로프에 걸려 넘어진 고블린은 자기가 칼날 쪽으로 쓰러져서 죽었다.

고블린 슬레이어는 등 뒤에서 창이 돋아난 시체를 무기째로 버리고 숨을 내쉬었다.

“끊어졌군.”

그의 오른손은 이미 짓밟은 시체에서 검을 뽑아내고 있었다.

피를 떨쳐내고서 고블린의 넝마로 지방을 닦아낸 뒤에 점검한다. 아직 조금은 쓸 수 있을 것 같았다.

"……포기했어?"

"그렇다면 고생하지 않는다."

도저히 그렇게 생각할 수 없다. 고블린 슬레이어는 담담하게 말하고, 왼손으로 소치기 소녀의 손을 잡았다.

"간다."

그가 말했다.

"멈추지 마라."

이어서 진지하게 덧붙였다.

"죽는다."

"으, 응……!"

소치기 소녀는 그의 손을 꼭 쥐었다.

"……알았어."

고블린 슬레이어는 왼손에 힘을 주고, 기세 좋게 창고에서 눈 속으로 뛰쳐나갔다.

"GORG!"

"GOROOGOR!!"

기다리고 있던 고블린 놈들이 예상보다 빠른 움직임에 경악하여 얼굴을 찡그리는 것을 알 수 있었다.

—꼴좋다.

고블린 놈들은 김이 피어오르는 커다란 냄비— 뜨거운 물을 필사적으로 나르고 있었다.

지난번 전쟁의 공성전에서 배운 녀석이 있었나.

"다섯— 여섯, 일곱!"

고블린 슬레이어의 행동은 적절했다.

그는 손에 쥔 검을 돌려서 역수로 겨누더니, 들어 올려서 투척.

"GOBG?!"

팔에 검이 박힌 고블린은 비명을 지르며 뒷일을 생각지 않고 냄비를 떨어뜨렸다.

"GOROGBBGB?!"

"GRG?! ROGBB?!"

당연히 고블린 세 마리가 머리부터 끓는 물을 뒤집어쓰고 발버둥 쳤다.

아무리 눈으로 식힌다고 해도, 온몸이 순식간에 화상으로 부풀어 오른다. 살아날 수 없다.

고블린 슬레이어는 고블린 놈들 옆을 달리면서 데워진 곤봉을 주웠다.

마무리를 짓지 않아도 죽는다. 고블린이 동포를 구하는 일은 없다.

—고블린 팔라딘.

그런 것이 없다면, 이지만.

"GROGOB!"

"GOOGOBOGR!!"

고블린 슬레이어와 소치기 소녀의 모습을 확인한 고블린 놈들은 뒤에서 계속 밀려들어온다.

동포의 죽음에 겁을 먹고 짜증을 내면서. 제멋대로 구는 모험가에 대한 분노와 소녀에 대한 욕망을 뿜어내면서.

평소라면 한 마리도 남김없이 처리할 것이다.

큰 무리와 평지에서 정면으로 싸우는 것이 아니라, 거점이나 진지 안이라면 얼마든지 죽일 방법이 있다.

"아직 달릴 수 있겠나."

그가 말하고, 그리고 조금 생각한 다음에 덧붙였다.

"눈을 감고 있어도 된다."

"괜……찮아……!"

소치기 소녀는 숨을 헐떡이면서 필사적으로 그를 뒤따르며 말했다.

"단련했으니……까!"

"알았다."

그러나, 여유는 없다.

어찌 해야 할까? 생각해야 한다. 주머니 안이다. 생각해라.

눈. 고블린. 폐허. 얼음. 연못. 고블린. 파수꾼. 우물. 고블린. 고블린. 고블린.

"——!"

고블린 슬레이어는 각오를 정하고 돌진했다.

어떻게든 잠시 고블린 놈들의 주의를 돌릴 필요가 있었다. 그렇게 어려운 일은 아니다.

"어이!"

"뭐, 뭔데?!"

"허리 뒤다. 매달아둔 단검을 뽑아라!"

"다, 단검……?!"

달리면서, 소치기 소녀의 손이 짐을 뒤지는 걸 알 수 있었다.

"그러니까……."

당황한 목소리.

"이, 이상한 모양인 거……?!"

"그래!"

고블린 슬레이어는 가까운 고블린에게 곤봉을 내리치면서 응답했다. 여덟.

"나무를 향해서 던져라!"

"괜찮아?!"

"상관없다!"

그 이상 그는 말하지 않았다. 소치기 소녀가 들어 올리는 걸 알 수 있었다. 그걸로 충분하다.

그는 곤봉을 들어서 선불리 어슬렁거리며 달려오는 고블린에게 던졌다.

곤봉은 고블린의 이마에 맞아서 목을 기이한 방향으로 비틀어 꺾어버렸다.

"아홉!"

그리고 고블린 슬레이어가 가방에 손을 넣는 것과 동시에, 소치기 소녀가 소리를 질렀다.

"에, 에이잇!"

만(卍)자 형 칼날을 가지는, 사악한 형상의 단검이 내는 휘이잉 소리를 그는 분명히 들었다.

커다랗게 호를 그리며 저 멀리 날아가는 단검을 고블린 놈들이 눈으로, 귀로 좇는 것을 알 수 있었다.

고블린 놈들은 웃고 있었다. 어디를 노리는 거냐? 멍청한 놈이다. 깔깔 웃었다.

다 알고 있는 일이었다. 소치기 소녀는 훈련을 안 받았다. 제대로 노려서 맞출 수 있을 리가 없다.

그래서 단검의 칼날은 나무의 줄기에 맞는다. 움직이지 않고, 커다랗고, 여기저기 있으며, 맞추기 쉬운 것에.

"뛰어든다!"

"어?! 아, 잠, 거기…… 안 돼?!"

소치기 소녀의 목소리를 등지고 그는 뛰었다.

칼날에 맞은 나무가 가지를 흔들자, 두두두 소리를 내면서 눈이 떨어졌다.

그것이 지나갔을 때, 한 차례 웃은 고블린 놈들은 눈을 깜빡거리게 되리라.

—그 녀석들, 어디로 갔지?

고블린 놈들은 상상도 못하리라.

금세 놓친 책임을 떠넘기는 추악한 말다툼이 시작될 게 빤하다.

그래서, 그렇다.

뚜껑이 열린 우물 따위, 누구 한 마리 주목하지 않는 것이다.

§

“히윽?!”

문자 그대로 숨이 막히는 냉수가 온몸을 찌르자 소치기 소녀는 비명을 질렀다.

그러나 금방 그녀는 눈을 깜빡거렸다.

생각했던 정도가 아니다. 아니, 오히려 바깥과 비교해서 따뜻하고, 그리고…….

“……숨, 쉴 수 있어?”

“《브리싱》의 반지다.”

물을 통해서 평소보다도 울리는 목소리가 바로 옆에서 들렸다.

그다.

수중에 떠도는 그녀의 몸을 지탱하고, 받아내는 것처럼 꼭 안아주고 있었다.

그 사실에 소치기 소녀는 「와」 하며 몸을 굳히고, 떨어질까 망설이고, 얌전히 몸을 맡기기로 했다.

당황해서 버둥거리며 날뛰는 건 아무래도 어린애 같아서 싫었고, 그런 상황도 아니었다.

소치기 소녀는 가까이서 그의 철 투구를 올려다보며 천천히 고개를 갸웃거렸다.

“……반지?”

“끼워뒀다.”

듣고 보니, 아까까지 그가 쥐고 있던 오른손에 반짝이며 둔탁하게 빛나는 반지가 하나.

그것이 우물물 속에서 그녀의 몸을 지켜주고 있으리라.

거품 속에 갇힌 것처럼, 기묘한 막 하나가 몸 주위에 있는 것 같은 착각을 느꼈다.

전혀 젖지 않는 건 아닌지, 그녀의 머리칼과 의복은 살며시 흔들리며 춤추고 있었지만.

올려다보자 동그랗게 오려낸 하늘이, 수면의 렌즈를 통해 멀리 뒤틀려서 보였다.

우물 속이다. 그녀는 새삼 그 사실을 인식하고서 자신이 뛰어들었다는 사실을 받아들였다.

"그렇구나."

말을 하자, 말과 함께 거품이 흘러서 하늘을 향해 떠올랐다.

"……하다못해, 뛰어들기 전에 설명을 해줬으면 좋았잖아."

"미안하다."

그가 말했다.

"틈이 없었다."

"여기라면 괜찮아?"

"모른다."

그가 대답하더니, 투구 틈에서 거품이 나왔다. 아주 미약하게, 망설이는 것 같은 태도였다.

"뛰어드는 소리는 지웠다. 보지도 못했을 거다. 발자국도, 눈보라로 사라졌겠지. 추적은 어렵다."

그는 하나씩 확인하는 것처럼 — 기도하는 것처럼 보이기도 했다 —

중얼거리고, 그리고 낮은 목소리로 덧붙였다.

"아마도."

"…………."

"고블린이다. 기량은 그다지 높지 않을 거다. 그러나, 운 좋게 깨닫는다. 그럴 가능성은 언제나 있다."

"……발견되는 거야?"

"그렇다고 해도, 도망칠 곳을 잃고서 몸을 던졌다고 생각하면 문제는 없다."

반지를 깨닫지는 못했을 거다. 그 말에 소치기 소녀는 자신의 오른손으로 눈길을 향했다.

그와 한 쌍의 같은 반지.

소치기 소녀는 물건의 가치 따위 모른다. 그녀는 목장의 소녀다. 작물이나 가축에 대한 것밖에 모른다.

그러나 이것은 마법의 반지다. 귀중한 것이리라.

그러나 그래도, 언젠가의 축제에서 사준 반지가 더 가치가 있는 것 같은 생각이 들었다.

"우물에 들어가 시체를 확인하는 건 어렵다. 그 무슨 괴물이 명령하지 않는다면……."

갑옷을 입고 있다. 냉수. 끌어올리는 수고. 고블린 놈들의 반발. 시간적 유예.

그는 한 차례 중얼중얼거리면서 거품과 함께 지독하게 씁쓸한 기색으로 내뱉었다.

"모두 운에 맡겨야 한다. 어쩔 수 없다."

"프라이팬에서 불 속으로, 란 말이구나."

소치기 소녀는 작게 중얼거리고, 그 다음에 있는 힘껏 웃음을 지었다.

"그래도, 좋아."

머리를 그의 단단한 갑옷에 기대면서, 말을 속삭였다.

가슴의 형태가 일그러질 정도로 딱 붙어도, 분명히 심장 소리는 전해지지 않으리라.

무섭고 불안해서 겁을 먹었다고 생각하게 만들기 싫었다.

"열심히 노력한 거, 아니까."

"결과가 안 나오면 의미가 없다."

그는 자신을 내치는 어조로 말했다.

"선생님이라면 분명히 좀 더 잘했을 거다."

"하지만, 지금 여기에 있는 건 너잖아."

뭐라고 말을 이으려고 하는 그보다 먼저, 그녀가 말했다. 말대꾸를 들을 생각은 없었다.

"네가 구해주고 있잖아. 나를."

"……그런가."

"그런 거야."

"그런가."

응. 소치기 소녀가 고개를 끄덕이고 그의 팔 안에서 몸을 비틀었다.

빙글 돌아서, 그의 가슴팍에 등을 맡기고 위를 올려다보았다.

별과 달이 보이면 좋을 텐데, 하늘은 여전히 회색이고 애당초 낮이다.

그와 도피행 끝에 몸을 던졌다고 하기에는 너무나 풍류가 없다.

—뭐, 얼굴을 안보여줄 수 있으니까 됐어.

언제나 일방적으로 보여주기만 하는 것이다. 가끔은 나쁘지 않다.

"……그리고, 응. 미안해. 사과는 내가 해야지."

"어째서지."

"그거야 저기……."

소치기 소녀는 뭐라 말할 수가 없어서 볼을 긁적였다.

"나는 짐이 되니까."

"아니."

즉답이었다.

소치기 소녀는 무심코, 또 다시 눈을 깜빡였다.

"그럴 리 없다."

"……그래?"

"그래."

"그렇구나."

소치기 소녀는 중얼거렸다. 보글 거품이 입술에서 흘러나왔다.

"그렇구나."

그래. 그가 말하고 입을 다물었다. 소치기 소녀도 입을 다물고 하늘을 올려다보았다.

사락사락 떨어지는 눈이, 수면에 파문을 몇 겹으로 만들어내는 것이 아래쪽에서 보였다.

별하고는 다르지만, 뭐 어쨌거나 이 상황에서 사치스런 말은 못 한다.

"지치지, 않았어?"
"아니."
"좀 자도 괜찮아."
소치기 소녀는 물속에 떠도는 머리칼을, 어쩐지 모르게 만지작거렸다.
붉은 머리도 물을 통해서 보니 평소하고 다른 색이다. 그것이 이런 상황인데도 조금 우스웠다.
문득, 어렸을 때 함께 가까운 강에서 놀았던 것을 떠올렸다. 여름이었을 것이다. 겨울이 아니다.
"어차피 얼마 동안 여기서 움직일 수 없지?"
"……."
그는 낮은 목소리로 신음했다.
"바위라도 떨어뜨리면, 큰일이다."
"위쪽, 망보는 것 정도는 나도 할 수 있거든?"
그는 상당히 망설이는 것 같았다.
그러나 그리 오래지 않아, 커다란 숨을 내쉬는 것을 알 수 있었다.
거품이 위를 향해 흘러간다.
"……부탁하지."
"응."
소치기 소녀는 그가 쉴 수 있도록 살며시 몸을 움직였다.
물을 차고서, 춤추는 것처럼 몸을 들어 그의 맞은 편— 우물 벽에 몸을 기댔다.
역시 그건 바위로 만들어져 있어서, 단단하고 차가웠다. 그의 갑옷보다도 훨씬.

"……."

소치기 소녀는 위를 보고, 그 다음에 힐끔 그를 보았다.

철 투구는 약간 앞으로 기울어졌고, 이미 꾸벅꾸벅 졸고 있는 것을 볼 수 있었다.

어제부터 계속 움직였다. 긴장을 풀지 못하고 있었다. 무리도 아니다.

"있지."

소치기 소녀는 잠을 방해하지 않도록, 정말 작은 소리로 속삭였다. 거품이 몇 갠가 떠올랐다.

"……돌아가고 싶어?"

어디에, 라고 묻지 않았다. 대답 자체를 바라지 않았다.

대답은 잠시 없었다. 잠들어버렸나 생각할 정도로 뒤늦게, 그가 말했다.

"그래."

그것은 태어나서 처음 하는 말처럼 서투르고, 더듬거리는 목소리였다.

"돌아가고 싶군."

그렇구나. 소치기 소녀는 수긍했다.

그녀는 무릎을 끌어안고 거품처럼 몸을 말아, 떠올라 떠돌면서 둥근 하늘을 올려다보았다.

고블린 따위, 정말 싫었다.

막간 「고블린에게 군사는 적합하지 않다는 이야기」

"에에잇, 아직 발견 못했나!"

오우거가 짜증을 내면서 의자 대신 걸터앉은 잔해를 걷어찼다.

거기에 휩쓸리는 것은 사양한다는 듯 멀리서 살피는 고블린들 가운데, 보고를 하러 온 한 마리가 엎드렸다.

그 아양을 떠는 것도 오우거에게는 마음에 안 들지만, 진정한 의미로 복종하지 않는 것도 석연치 않았다.

누가 뭐래도 고블린이라는 말은 겉과 속이 다르다와 같은 말이다.

제대로 된 지혜도 없는 주제에, 자기가 세상에서 제일 잘났고 다른 놈은 방해된다고 생각하니까.

—잘 쓰면 쓸만할 수도 있다만.

졸병으로 이만한 종족은 없다. 그 점은 오우거도 인정하지 않을 수 없다.

수는 많고, 와아 돌진해서 날뛰게 하는 것에는 딱 좋았다.

혹여 모반을 해도, 오우거를 죽일 수 있는 고블린 따위 있을 리 없었다.

다크 엘프였다면 도저히 이렇게는 못 한다.

—다크 엘프라.

짜증난다. 그 또한 오우거에게는 짜증나는 일이었다.

『마신왕 님의 무장 중 하나인 줄 압니다.』

단적으로 지난번 전쟁은 대패했다.

용사를 칭하는 흉의 암살자에게, 쟁쟁한 장군들이 차례차례 토벌되고 음모는 꺾여버렸다.

질서와 혼돈의 군세가 정면에서 자웅을 가리는 전쟁에도 지고, 마신왕도 파멸했다.

수하를 잃고서 산중으로 도망친 오우거가, 아무리 『진 것이 아니다』라고 짖어 봤자—.

『패배자의 헛소리, 라는 겁니다.』

그렇게 말하며 오우거 앞에 나타난 다크 엘프는 은근히 무례함을 그림에 그린 것 같은 남자였다.

평소라면 그런 말을 하는 자는 산 채로 사지를 찢어 내장부터 씹어먹었으리라.

그러나 무구가 부러지고, 화살도 떨어진 지금은 그렇게 허세를 부려봤자 우스꽝스러울 뿐이다.

무슨 일인가 묻는 오우거에게, 다크 엘프는 피에 젖은 것처럼 붉은 입가를 일그러뜨리고 이렇게도 말했다.

『저의 동포가 끌어들인 레아 모험가에게서 들은 이야기입니다만.』

—형제 분을 비겁한 수단으로 해친 모험가가 서방의 변경에 있다고 합니다…….

그 이야기에 놀아난 것은 자각하고 있었다. 다크 엘프의 게임 말이 되어버린 것이다.

다크 엘프가 무슨 일인가를 꾸미고 있으며, 자신은 그것을 이루기 위한 미끼 같은 것에 지나지 않는다.

그러나, 그게 어쨌단 말인가?

무구를 쥐고, 고블린이라지만 병사를 모아서 형제의 응보를 이룬다.

그것을 달성할 수 있다면 음모 따위 알 게 뭔가?

—그런데도…….

오우거가 끓어오르는 분노를 입에서 흘리자, 쉬이이익 하얗게 연기처럼 뿜어져 나왔다.

여전히 눈은 내리고, 대기는 차갑고, 고블린의 사기는 묘하게 낮다.

아니, 사기라고 하기도 꺼려진다. 의욕이 없는 것이다.

"포로를 괴롭히는 것에도 질렸나? 응?"

찌릿 노려보자, 불평처럼 뭔가 중얼거리던 고블린이 황급히 쌩 달려갔다.

놈들은 자신보다 약한 자를 괴롭힐 때만 강하게 나온다. 정말이지, 구제할 도리가 없다.

지금쯤 놈들의 머릿속에는 오우거를 따라온 것에 대한 불만이 휘몰아치고 있으리라.

대강 저 커다란 놈을 쳐내고 자기가 우두머리가 된다면 따뜻한 밥도 여자도 마음껏 즐길 수 있다, 등으로.

그런 어리석음 이하의 망상으로, 저 쬐그만 두개골을 빵빵하게 부풀리고 있으리라.

—의견 따위 들을 생각도 안 드는군.

그러면서 회색 눈에 닫힌 폐촌으로 눈길을 돌리자, 또 다시 저 너머에서 비명이 들렸다.

당장이라도 죽을 것 같은 돼지의 울음소리와 비슷한 그것은, 빈사의 여자가 고통에 몸부림치면서 애원하는 목소리였다.

—정말이지, 고블린 놈들……!

몇 마리 정도 본보기로 죽일까? 그렇게 생각한 오우거는 아니, 고개를 저었다.

"아아, 아니지. 그런가."

그렇다. 그 수가 있었다.

고블린은 고블린이기에, 그하고는 다른 수준 낮은 견식도 가능한 것이다.

"본보기라는 것은 좋은 책략일지도 모르겠군."

제5장 『동굴에 마물의 그림자가』

Goblin Slayer
He does not let anyone roll the dice.

모험가들은 밤을 기다리지 않고 곧장 북쪽 산에 들어설 것을 결단했다.

“다행히, 이쪽의 소모는 술법 하나로 가벼우니 말일세.”

리자드맨 승려는 마치 저녁 식사의 조리 방법을 논하는 것처럼 말했다.

“곧장 추가로 공격하여 뿌리 뽑는 것이 좋지 않을까 하네만.”

반대는 없었다.

수습 성녀와 여신관이 토끼 수인과 사스콰치의 진혼을 마친 다음에 일행은 금방 출발했다.

다행히— 라고 해야 할까? 가는 길의 고생은 촌락까지 오는 것과 비교하면 놀랄 정도로 가벼웠다.

“그 녀석들, 발치를 신경 쓰지 않거든요.”

선두를 가는 흰 토끼 엽병이 말한 것처럼, 사스콰치 놈들은 나무를 꺾어가면서 걸어간 모양이다.

덕분에 길이 다져져 있어서 걷기 쉽고, 눈과 바람이 불어도 길을 잃는 일은 있을 수 없을 정도로 명확했다.

여신관도 살며시 한숨을 내쉬면서, 그래도 조심하며 신중하게 걸어 나아갔다.

"그들의 거처는 가까운가요?"

"응."

뽕 뛰어 오른 흰 토끼 엽병이 폭신폭신한 털에 싸인 손가락으로 한 점을 가리켰다.

"봐, 저기야."

보아 하니 눈보라의 하얀 색 너머, 산의 표면에 한 점. 검은 얼룩처럼 번진 구멍이 뻥 뚫려 있었다.

"동굴……. 나설 차례네."

바위 뒤에서 고개를 내민 엘프 궁수가 쫑긋쫑긋 기다란 귀를 흔들었다.

"뭔가 들리나요?"

"응……. 음악, 인가?"

여신관의 물음에 대답한 엘프 궁수가 힘껏 표정을 찌푸렸다.

"아마도, 북 같아. 드워프의 술판처럼 품격이 없는 소란이야."

"냅두거라. 엘프 녀석들처럼 지루하게 흥이 올라서 어쩌려느냐? 술판에서."

드워프 도사는 기분이 틀어진 것처럼 하얀 수염을 매만지고, 술을 벌컥 들이켰다.

"그렇지만, 신경 쓰이는 점이 있구나."

"뭔데?"

"정령이니라. 얼음과 눈의 정령이 춤추는 것은 좋지만, 조신함인지 조심성이 지나치게 없구먼."

"그거야, 겨울이니까 그렇지."

태연하게 무슨 바보 같은 소리를 하냐며 얄팍한 가슴을 내미는 엘프 궁수를, 드워프 도사가 흉을 보는 것처럼 보았다.

"……봄의 정령을 맞이할 준비를 안 하고 있다, 라는 게다."

드워프 도사가 한숨을 내쉬고, 다시 술을 한 모금 마셨다.

그리고 묵묵히 동굴을 노려보던 리자드맨 승려에게 술병을 돌렸다.

"감사하네."

리자드맨 승려는 술을 입에 대더니, 목을 그르릉 울리며 그것을 맛보았다.

"다시 말해서, 봄이 오는 기척이 없다는 것인가?"

"이 근처는 말이다."

리자드맨 승려가 「으음」 하고 묵직한 기색으로 신음했다.

"사활이 걸린 문제로군."

"그야 사스콰치 놈들이 신이 나서 설칠 만하네."

엘프 궁수는 또 다시 표정을 찌푸리면서 동의를 표했다.

풀과 꽃을 사랑하고 풍요를 기뻐하는 엘프들 중에서도 그녀는 특히나 명랑하고 밝으며, 자유분방한 성질이었다.

당연히 겨울보다 봄여름을 좋아한다.

그렇지만, 그것은 사방세계를 돌고 도는 자연법칙을 뒤트는 것으로 이어지지 않는다.

저항하는 것은 좋다. 뛰어넘기 위한 연구도, 뭐 좋다. 파괴하는 거야 안 되겠지만.

결국 누구든지 자연을 지배하는 것은 불가능하다는 것을 엘프는 알고 있었다.

지금 이 자리에서는 엘프가 혐오해마지 않는 혼돈의 싹이 태어나고 있는 것이다.

"……역시, 그냥 쳐들어가서(핵 앤 슬래시) 퇴치할 수는 없겠네요."

여신관이 어렵다는 표정을 짓고 말했다.

고블린 퇴치마저도 쉬운 일이 아니다. 다른 괴물이라면 더욱 그렇다.

"하지만."

신참 전사가 말했다.

"그런 계절을 어떻게 하는 건, 보통은 못하는 일 아냐?"

"뭐, 할 수 있고 없고라고 한다면, 못할 것은 없다……마는."

드워프 도사는 리자드맨 승려가 돌려준 술병을 한 입 마시고, 생각해가며 말했다.

"어지간히 실력 좋은 정령술사, 이름 있는 마술사라면 할 수도 있겠지."

"그러면, 승산이 없네."

엘프 궁수가 천연덕스레 말하더니, 이걸 어쩐다 하는 식으로 어깨를 으쓱거렸다.

"드워프는 상대도 안 될 거 아냐."

"시끄럽다. 모루."

"뭐야? 정말이잖아."

시끌벅적. 평소와 같은 말다툼에 이야기의 줄거리가 어긋날 것 같자 여신관이 헛기침을 했다.

리자드맨 승려가 그것을 보고 눈웃음을 짓자, 여신관이 얼굴을 붉혔다.

“어, 어쨌든……. 가능성이 술사밖에 없는 건가요?”

“아니다.”

드워프 도사가 신중하게 대답했다.

“마법의 물건이구나. 그런 것이 있다면, 누구든지 할 수 있지.”

“그렇구나. 그래서구나.”

수습 성녀가 조용히 중얼거리자 파티의 시선이 단숨에 모였다.

평소의 그녀라면 수치심에 얼굴을 붉혔겠지만, 지금 그녀는 자신의 사고에 잠겨 있었다.

“지고신 님의, 신탁…….”

“아, 뭔가 가져오라고…….”

신참 전사가 손뼉을 쳤다.

“그거구나!”

“목표는 그걸로 정해졌네요.”

여신관이 고개를 끄덕였다. 설마 신들이 「신탁에 따른 것이 실수였네요」라고 하지는 않으리라.

“그러면, 정찰을 보낼 것인지 정해야 하네.”

“저걸 보면 완전히 방심하고 있을 거야.”

“뭐, 생각할 것도 없다네.”

리자드맨 승려와 엘프 궁수가 재빨리 말을 나누었다.

그것을 곁눈질하면서, 여신관은 문득 기이한— 온몸의 털이 곤두서는 감각을 느끼고 목덜미에 손을 대었다.

솜털이 빳빳하게 곤두서고, 피부가 까끌거린다.

—이건…… 뭘까요……?

정체 모를 기분이었다.

의미를 알 수 없다. 뭔가를 잊고 있다. 그러면서도 재촉하는 것 같다.

"……무슨 일인고?"

드워프 도사가 여신관의 허리를 가볍게 두드렸다. 그녀는 몸을 움찔 떨었다.

"아, 아뇨. 아무것도……. 조금, 추워서."

"그런고?"

드워프 도사가 수염을 매만지고, 그 다음에 심술궂게 히죽 웃었다.

"뭐, 조바심내지 말고 가자꾸나. 카미키리마루한테 칭찬을 듣고 싶은 게지?"

"따, 딱히 고블린 슬레이어 씨는……!"

상관없어요. 그 말은 바람에 뒤섞여서 순식간에 사라져 버렸다.

§

폴짝폴짝 엘프 궁수가 정말 토끼 같은 움직임으로 바위 위를 달렸다.

여신관은 뒤쳐지지 않도록 열심히 낑낑거리면서 좇아가는 게 고작이었다.

그나마 거리가 벌어지지 않는 건, 엘프 궁수가 때때로 멈춰서 기다란 귀를 흔들기 때문이다.

"하지만 괜찮아? 이 조합으로."

"네. 저희들은 싸우러 가는 게, 아니니까요……."

여신관은 이마의 땀을 손수건으로 닦고, 숨을 정돈하면서 말했다.

"전에도 함께 간 적이 있었으니까, 요."

정찰이었다.

움직임이 둔해진 리자드맨 승려, 드워프 도사를 남기고, 거점의 주변 경계를 흰 토끼 엽병에게 맡기고 정찰.

물론 수습 성녀와 신참 전사도 대기하고 있으며, 동굴을 살피는 것은 두 사람뿐이다.

흰 토끼 엽병은「내가 갈래!」라고 주장을 했지만…….

"혼자서는 위험하고, 그렇다고 처음인 사람이랑 둘이서는 불안하니까, 요."

"흐응."

엘프 궁수는 동굴을 들여다보고, 짐승의 턱 같은 어둠 앞에서도 신경 쓰지 않고 대답했다.

"뭐, 생각해서 정한 거면 됐어. 조금 리더다운걸."

"그만 하세요오……."

여기까지 오니 엘프의 기다란 귀가 없는 여신관도 들을 수 있었다.

겨울이다. 겨울이다. 우리들의 계절이 찾아왔다.

자 마법의 부적을 치켜들어라.

주문을 펼쳐라. 소리를 내라.

주사위 따위에는 눈길도 안 주고.

지혜와 힘이 우리들의 무기다.

자아자 결투다. 승부를 하자.

얼음의 마녀가 말한대로다.

약한 녀석은 산에 필요 없다.

죽은 자의 여름은 지나갔구나.

산에는 흑련도 흐드러진다.

겨울이다. 겨울이로다. 우리들의 계절이 찾아왔다!

사람을 때리는 소리와 비슷한 원시적인 북소리에 맞추어, 사스콰치 놈들의 노래가 메아리 쳤다.

여신관이 가녀린 몸을 부르르 떨었다. 아까 느낀 추위가 아직 남아 있는 것 같았다.

"간다."

"아, 넷!"

엘프 궁수는 태연하게 동굴로 들어섰고, 여신관이 그 뒤를 따랐다.

—불빛, 붙이고 싶네요…….

동굴 속은 어슴푸레하고, 발치의 자갈은 밟을 때마다 대단히 메마른 소리를 냈다.

어두워서 다행인 유일한 점은, 그것이 뼈인지 아닌지 확인할 수 없다는 것이었다.

물론 불을 붙일 수는 없었다.

늘상 하는 고블린 퇴치와 달리, 이번에는 들킬 수 없기 때문이다.

피어오르는 악취는 여신관도 익숙하지 않은 것들이었다.

대형 짐승, 그 모피의 냄새. 썩은 고기와 내장, 피냄새.

불결한 고블린놈들의 체취나 구정물하고는 전혀 다르다.

다르다, 라는 것을 알아 버린다.

여기는 틀림없이 사스콰치 놈들의 소굴이었다.

여신관은 석장의 금속 부품이 찰칵찰칵 흔들리는 걸 깨달았다. 손이 부들부들 떨리고 있었다.

"어, 아…… 윽."

어째서, 라는 생각이 스쳤다. 여신관은 황급히 석장을 쥔 손을 억눌렀다.

—무서워.

아까 사스콰치와 대결했을 때도 일어나지 않았던 공포의 감정이었다.

미지의 영역. 괴물의 침소로 들어선다. 고블린 퇴치가 무섭지 않은 것은 아니다.

그러나, 이건 모험이었다.

"아무도 아니다한테 형님이 당했다아아!!"

문득 울려 퍼진 목소리에 여신관은 또 다시 움찔 몸을 굳혔다.

"쉿."

검지를 세운 엘프 궁수가 「이쪽」 하며 여신관을 바위 뒤로 끌어들였다.

그녀의 손에서 느껴지는 따스함이 여신관은 무엇보다도 기뻤다.

"바보 같은 소리 하지 마!"

이어서 울려 퍼진 쨍쨍 새된 목소리는 조금 더 나아간 곳, 넓은 방에서 들렸다.

엘프 궁수가 귀를 움찔움찔 위아래로 움직이며 여신관의 손을 잡고 살며시 이끌었다.

넓은 방은 불을 피우고 있는지, 조심조심 들여다보는 여신관도 안을 살필 수 있었다.

"아무도 아닌 것에 당했다면, 그건 자기가 스스로 당했다는 거 아니니?"

하얀 여자였다.

피부도 하얗고 머리도 하얗다. 몸에 두른 얇은 옷도 하얗고, 장식품도 하얗다.

높이 땋아 올린 머리칼 아래, 번득이며 빛나는 눈동자만 유일하게 피처럼 붉었다.

그 하얀 여자가 사스콰치들에게 둘러싸인 커다란 바위의 단상에서 있었다.

불은 난방이 아니라 광원인 것이리라.

여기저기 흩어진 화톳불이, 춤추는 그림자로 여자의 몸을 채색하고 있었다.

그리고 사스콰치 놈들은 모두 기묘한 북을 안고 있었다.

그 중 하나가 여신관의 눈길을 끌었다.

왜냐면 그것은 이 원시적인 제단에 너무나도 안 어울리는 물건이었기 때문이다.

불이 비추어 둔탁하게 빛나는 그것은 정성스런 금속 세공이 되어있는 것을 멀리서도 알 수 있었다.

단연코 이런 동굴에서 사람을 잡아먹는 사스콰치 놈들이 두드려도 되는 것이 아니다.

—저거다.

여신관은 직감적으로 이해했다. 저게 틀림없다.

"정신 똑바로 차리렴! 기껏 봄의 정령을 잠재우고 토끼 놈들한테서 그것도 빼앗았는데!"

—그것?

뭘 말하는 걸까? 여신관은 생각에 잠기고, 아니, 고개를 옆으로 저었다. 지금은 생각하는 것보다 들어야 한다.

"그래도 누님. 그 악귀 자식이 말한 건 정말인가다."

사스콰치 한 마리가 토끼 수인인지 흄인지 알 수 없는 뼈를 빨면서 말했다.

"마신왕 님이 되살아나면, 세상 전부 겨울의 시대로 만들어 준다고다……."

"어떤지 모르지."

하얀 여자는 가볍게 말하더니, 오만하게 코웃음을 쳤다.

"기껏해야 우리를 자기 마음대로 써먹을 심산이겠지만, 그런 건 상관할 것 없어."

"어, 그러니까다?"

"우리들도 이용을 하면 된다는 거지."

그렇게 말하더니, 하얀 여자는 희미하고 차가운 웃음을 지었다.

"토끼 놈들을 먹고 힘을 길러서, 그 놈들을 때려눕혀주면 되는 거야."

"그건 좋다아! 역시 누님이다아!"

"자, 그런 줄 알았으면 둥둥 북을 두드리렴! 봄이 오면 못 당하니까!"

"네엡!"

그리고 또 다시 북 소리가 점점 강해졌다.

압력을 동반하는 굉음. 소리의 해일. 아니, 눈보라 속에 던져진 감각일까?

찌릿찌릿 흔들리는 온몸을 꼭 끌어안으며, 여신관이 눈을 반짝거렸다.

—이거라면.

가능, 할 지도 모른다.

그것이란 것이 뭔지는 모르지만, 지금 있는 것으로 생각하면 방법은 있다.

언젠가의 지하 유적과 마찬가지다. 《드렁크(만취)》와 《사일런스(침묵)》. 잠재우고, 소리를 지우고, 단숨에…….

거기까지 생각한 여신관은 쓴웃음을 지었다. 이래서는 그 사람의 작전 그대로잖아요.

—그렇게까지 어리광부릴 셈은 없었는데요…….

"있지, 잠깐만……!"

엘프 궁수가 날카로운 목소리로 말하고 여신관의 옷자락을 꾹꾹 당겼다.

돌아보니 그녀의 기다란 귀가 축 늘어지고, 낯빛도— 어슴푸레한 가운데 보이는 바에 따르면 그늘이 졌다.

"왜 그러세요? 지금 마침 작전을 생각……."

"됐으니까, 일단 돌아가자……!"

말대꾸를 용납하지 않는 기세였다.

엘프 궁수는 꾹꾹 여신관의 손목을 붙잡고 똑바로 걷기 시작했다.

그 강한 힘은 조금 아플 정도였다. 여신관은 황급히 따라가면서 소리를 흘렸다.

"아, 아파요……. 대체 왜 그러세요……?"

"너는, 눈치 못 챘어?"

뭘까? 여신관이 고개를 갸웃거렸다.

적의 전력이나 무언가, 놓친 것이 있는 걸까…….

"그 여자, 그림자가 없었어."

"아……."

여신관은 출구까지 가는 길을 달리듯이 걸으면서 등 뒤를 돌아보았다.

소리는 쫓아오는 것처럼 울리고 있지만 이미 상당히 작아졌다.

여신관의 목덜미에 또 다시 정체 모를 싸늘함이 흘렀다.

하얀 여자— 얼음의 마녀.

고블린 퇴치하고는 모든 것이 달랐다.

§

"얼음 마녀의 정체는 알 수 없지만, 그것이란 건 아마 화살을 말하는 거야."

이야기를 들은 흰 토끼 엽병이 귀를 쫑긋 세우고 말했다.

바위 터까지 돌아와도 소리는 들린다. 이제는 확실하게 들리는 노랫소리에 모험가들은 얼굴을 마주보았다.

"아빠의 화살이야……."

"무슨 특별한 거야?"

수습 성녀의 말에 흰 토끼 엽병이 「응」 하고 고개를 끄덕였다.

"옛날에 우리들 마을에 지고신 님의 사도가 왔을 때 가지고 계셨던 은의 화살이랑 약이 있었는데."

우리 집이 맡고 있었어. 흰 토끼 엽병이 말했다.

여신관은 입술을 깨물었다. 상상하는 것은 쉬운 일이었다.

용감한 토끼 수인의 사냥꾼이 마을을 구하기 위해서 선조 대대로 내려오는 장비를 가지고 여행을 떠나 패한 것이다.

—은의 화살과 약…….

"화살은 벌써 사라진 걸까요……?"

"아니, 그렇다고 단정할 수는 없다네."

문득 리자드맨 승려가 아무것도 아니란 듯 말했다.

모두의 시선이 똑바로 모이자, 그는 「다시 말해서」라고 묵직하게 말을 이었다.

"공포는 극복하지 않으면 맞설 수 없음이니, 두려운 것을 그저 그것만으로 치는 것은 쉬운 일이 아닐세."

"그러니까……."

드워프 도사가 턱수염을 매만졌다.

"어떻게 되는 게냐?"

"얼음의 마녀를 칭한다면, 술법을 다루는 것은 명백하다네. 그렇다면 자기가 가지고 조사하여 봉하지 않을까 하네만."

"그러면, 아빠의 화살은 남아 있는 거구나!"

토끼의 귀가 기세 좋게 쫑긋 서더니 「아, 하지만……」 하고 금세 시들었다.

"뭔데?"

신참 전사가 고개를 갸웃거렸다.

"아직 뭔가 있어?"

"화살만 가지고는 안 될 거라고 생각해."

흰 토끼 엽병이 고개를 숙였다.

"아빠가 약도 가져갔으니까……."

"희귀한 것인가요?"

여신관의 물음에, 흰 토끼 엽병이 「응」 하며 수긍하고서 모피에 싸인 양손을 펼쳤다.

"전해지는 말로는, 마녀의 머리칼이랑 연꽃, 그리고 흑진주를 섞고 또 섞은 거라고……."

"……분명하지가 않네."

수습 성녀가 팔꿈치를 괴고서, 어려운 표정을 지었다. 여신관도 분명히 같은 표정을 짓고 있으리라.

어찌됐든 적 말고는 마녀가 없으며, 주위는 눈이다. 봄은 멀고, 덤으로 여기는 산이다.

흰 토끼 엽병은 어떡해야 할까 싶어서 어쩔 줄 모르는 모습이었다.

"하지만 그게 모이지 않으면 사악한 것을 퇴치할 수 없다고 했어……."

"자, 드워프!"

엘프 궁수가 곧장 손가락질하자, 드워프 도사는 「너는 말이다」 하고 한숨을 쉬었다.

그는 언제나 가지고 다니는 촉매가 든 가방을 두꺼운 손가락으로 뒤적뒤적 휘저었다.

"딱히 뭐든지 가지고 있는 건 아니니라. 그러…… 니까……."

그는 건조된 꽃잎이 들어간 작은 병, 광택이 있는 검은 구슬. 그리고 길고 검은 비단 같은 머리칼을 집어 올렸다.

"……오냐. 흑련, 흑진주, 마녀의 머리칼. 뭐, 잘 모르겠으면 전부 섞어버리면 될 게다."

"거봐, 있잖아."

거칠게 콧김을 뿜으면서, 자기 일처럼 얄팍한 가슴을 내밀어 뽐내는 엘프 궁수.

그것에 쓴웃음을 지으면서 「저기」 하고 여신관이 조심조심 물었다.

"그 머리칼은, 혹시, 그 사람 것은……."

"아아, 아니니라 아니야."

드워프 도사가 걸걸한 소리로 웃고는, 손을 흔들어 여신관의 의혹을 부정했다.

"마녀 사냥꾼(위치 헌터)에게 샀느니라. 어느 마을에 병을 퍼뜨렸다고 하더구먼."

"그건 그렇고 변태적인 것 같아."

엘프 궁수가 깔깔 웃고, 드워프 도사가 「필요한 것이니 어쩔 수 없지 않느냐」 하고 투덜거렸다.

"네가 낭비하는 것하고는 다르다. 이 흑련을 구하는 데는 꽤 고생

했느니라."

"실례잖아! 나도 가지고 싶다고 생각하니까 사는거야!"

"그걸 낭비라고 하는 게다, 이 모루야."

말다툼에 생각하는 바가 없지는 않았지만, 여신관은 작은 가슴을 쓸어 내렸다.

"그러니까 화살만 있으면 어떻게든 된다는 거네요."

흰 토끼 엽병이 폭신폭신한 손을 마주치자, 여신관이 고개를 끄덕였다.

"그러면……."

그녀는 생각을 해봤다.

"문제는, 화살이 있는 곳이네요."

탐색에 너무 긴 시간을 들일 수는 없다.

또 내일이 되면 사스콰치 놈들이 마을로 가서 토끼 수인들을 잡아먹어버릴 것이다.

—그렇지만, 저 동굴을 남김없이 찾기에는…….

다소 여유가 없다. 천연인지 인공인지는 모르겠지만, 갈림길이 수없이 많았다.

저기가 사스콰치들의 생활 거점이라면 상응하는 방이 있는 건 상상이 된다.

여유가 없다.

여신관은 입술을 깨물었다. 그 사람은 「언제든지 방법은 있다」라고 말했지만.

주머니 속에 무엇이 있지? 무엇이…….

"마녀, 마녀……."

우응 팔짱을 끼고 끙끙대던 신참 전사가 「아!!」 하고 큰 소리를 냈다.

"그렇지! 그거다!"

"뭔데, 갑자기 커다란 소리를……!"

수습 성녀가 그의 옆구리를 팔꿈치로 찔렀다.

"아야!"

비명을 지르자 점점 더 표정을 찡그렸다.

"사스콰치 놈들한테 들키잖아……!"

"아, 아니, 그거!"

신참 전사가 옆구리를 누르면서 말했다.

"그거 말야! 전에 받은 거!"

"어. ……아!"

한순간 생각한 수습 성녀가 금방 퍼뜩 깨닫고서 자기 가방으로 달려들었다.

저것도 아니다. 이것도 아니다.

뒤적뒤적 뒤집어 버린 가방에서 모험과 상관없는 소도구도 굴러나왔다.

여신관은 낡은 빗을 주워서, 눈을 털어내고 희미한 웃음을 지었다. 그녀도 그랬으니까.

"있다, 이거!"

이윽고 수습 성녀가 꺼낸 것은 상당히 자그마해진 양초였다.

"물건 찾기 양초!"

"마법 물품?"

엘프 궁수가 흥미진진한 기색으로 얼굴을 가까이 가져가 냄새라도 맡는 것처럼 코를 움찔거렸다.

"이런 거 용케 가지고 있었네. 너희들은 다른 살 것도 있었을 텐데."

"받은 거예요."

수습 성녀가 쑥스러움을 감추지 못하고 수줍은 기색으로 말했다.

"다 쓰지 않기를, 잘했다……."

"그러면, 결정이 됐군."

리자드맨 승려가 일동을 돌아보며 그 기다란 목을 천천히 움직였다.

"쳐들어가서, 은의 화살을 찾고, 그 뒤에 죽인다."

어떠신가? 그가 제안한 작전은 참으로 단순명쾌하여 엘프 궁수는 유쾌하게 눈웃음을 지었다.

"그거, 말처럼 간단한 거 아니잖아."

"그러나 지금 가진 정보를 보면 말이다."

드워프 도사가 술을 들이켰다.

"달리 뭐 있느냐?"

"나는 별로, 어려운 건……. 너희들은 어때?"

흰 토끼 엽병이 물어보자 수습 성녀와 신참 전사는 무심코 얼굴을 마주보았다.

"그렇게, 말을 해도……."

"우리는 계속 하수도에서 쥐 퇴치만 해댔으니까……."

의논이 이어진다.

긴 시간— 아니, 여신관이 그렇게 느꼈을 뿐이지, 실제로는 그렇지도 않았으리라.

단순히 결론이 나오지 않는다는 것만으로 사람은 지치는 것이다.

특이 이런, 절대적인 정답 따위 없을 때는 특히.

—어째서일까요?

여신관은 문득 생각했다. 지금까지 이런 일이 거의 없었는데.

어째서인가 하면, 그건 분명히 말할 것도 없으리라.

—고블린 슬레이어 씨.

어쨌든지, 그는 결단이 빨랐다.

망설이지 않는 것이 아니다. 그 산채를 태우는 싸움에서 여신관은 그것을 깨달았다.

그래도 정한다. 행동한다. 분명히 그런 것이리라.

그 한 점에 대해서는 그녀의 첫 동료들도 그랬다.

시간을 들여서 의논하여 장비를 갖춘다. 하지만 그러면 붙잡힌 여자들을 구할 수 없다.

그래서, 분명, 그때의 결단은 틀린 것이 아니다.

—하자.

여신관은 석장을 쥐고서 고개를 끄덕였다. 대답은 모험가가 됐을 때부터 나와 있지 않은가?

"쳐들어가서, 은의 화살을 찾고, 해치워요."

동료들이 똑바로 그녀를 보았다. 여신관은 머리를 필사적으로 움직이며 열심히 말을 이었다.

"방법은, 있어요."

그녀는 말했다.

"지금, 생각한 건데요……."

주머니에 있는 것을 전부. 있는 수단을 모두.

반론은 없었다. 엘프 궁수가 즐거운 기색으로 기다란 귀를 흔들었다.

"오르크볼그 같은 말을 하네."

좋은 건지 나쁜 건지. 키득키득 웃는 소리에 여신관이 얼굴을 붉혔다.

"뭐, 성장은 성장이니라."

"소승은 이제야 몸을 데울 기회를 얻을듯하니 고맙기만 한 일일세."

모험가들이 일어섰다. 각자의 장비를 확인하며 갖추고, 서로 점검한다.

수습 성녀와 신참 전사도 「응」 하며 서로 수긍하고 소리를 냈다.

"안티도트(해독제)!"

"챙겼어!"

"상처약!"

"연고랑 약초, 챙겼어!"

"불빛!"

"모험가 세트의 랜턴, 기름, 횃불! 그쪽 양초는 챙겼어?"

"물건 찾기 양초. 당연하지! 그리고, 지도!"

"이번에는 없음! ……없지?"

"없어. 무기랑 방어구!"

"체스트 버스터, 로치 킬러, 나이프!"

"……그 이름 좀 그만둬."

"뭐 어때 괜찮잖아. 멋있는데— 가죽 갑옷에 투구! 그쪽도 돌아봐."

“그래그래.”

빙글빙글 돌아서 신참 전사에게 법의 체크를 맡기는 수습 성녀.

그 모습에 여신관은 과거 그에게 사슬 갑옷을 봐달라고 했을 때를 돌이켜봤다.

지금도 이 신관복 안에 입고 있는 그것은 정말로 오래 애용하고 있었다.

한 번은 잃었다고 생각했지만, 지금 여기에 이렇게 있는 것이 분명한 안도감을 주었다.

“잠깐, 웃으면 안 되지.”

엘프 궁수가 속삭이자, 여신관은「아뇨」하고 고개를 옆으로 저었다.

“어쩐지, 좀 그리워진 것뿐이에요.”

“그래? ……하지만, 뭐 그렇네. 시간이 빠른 건지 느린 건지 그거네.”

듣고 보니, 분명 그렇다. 아직 고작해야 2년. 여신관은 눈을 깜빡였다.

“하지만, 괜찮아?”

영차. 가방을 멘 흰 토끼 엽병이 조심조심 말했다.

“마신왕, 이었지. 뭔가 커다란 일 아냐? 그러면, 우리들은…….”

마을을 위해서 사스콰치와 얼음 마녀를 멸해주는 것은 큰 도움이 된다.

그러나 돌아가서, 수도나 군이나 왕에게 알리는 편이 좋지 않을까?

그러는 편이, 흄이나 다른 사람들에게는 이익이 될 게 틀림없다.

어쨌든― 결국 지금 공격을 받고 있는 건 쪼그만 토끼 수인의 마을밖에 없으니까.

그렇게 말하자, 여신관은 무심코 동료들을 보았다.

엘프 궁수는 어깨를 으쓱거리고, 리자드맨 승려는 즐겁게 눈을 돌렸다.

고개를 갸웃거리며 장비를 점검하던 손을 멈춘 수습 성녀와 신참 전사.

그 옆에서, 드워프 도사가 수염 난 얼굴에 씨익 웃음을 지으며 말했다.

“오냐. 선배로서, 후배들에게 가르쳐주면 어떤고? 아가.”

여신관은 다시 한 번 눈을 깜빡이고, 그 다음에 어흠 작게 헛기침을 했다.

“그건 말이죠.”

그리고 그녀는 그 작은 가슴을 한껏 펴고서 말했다.

“저희들이, 모험가라서 그런 거예요.”

제 6 장 『주머니 속의 반지』

더 링스 오브 포켓

“네 감정 따위는 아무런 도움이 안 된다!”

보기 드물게 산 바깥으로 데리고 나가준 그 날, 스승은 토해내는 것 같은 어조로 말했다.

“네.”

그는 순순히 대답하고는, 그것을 드러내는 것처럼 가볍게 고개를 끄덕였다.

달리 아무 말도 하지 않았다. 눈앞의 광경을 받아들이는 걸로 벅찼으니까.

“화를 내면 검의 날카로움이 늘어나느냐? 슬퍼하면 몸의 움직임이 가벼워지느냐? 그럴 리 없지.”

올바르기만 하면 이길 수 있다고 생각하는 녀석들이 이거다. 스승은 말과 함께 침을 뱉었다.

시체의 산이었다.

쭉 둘러봐도, 겹겹이 쓰러져 숨이 끊어진 시체의 산이다.

그곳은 어느 마을이었을 것이다. 타고 남은 건물의 흔적이 여기저기 보였다.

죽어 있는 것은 모두 사람 형태의 생물이었다.

드워프나 엘프가 조금 섞여 있고, 무기를 든 자도 꽤 많았다.

그러나 대부분은 볼품없는 의복을 입은 마을 사람들 같았다. 그는 옷의 배 부분을 꾸욱 쥐었다.

"고블린……?"

"너는 바보냐?"

스승은 그의 얼굴에 침을 뱉으며 말했다.

"고블린에게 마을이 공격을 받으면 고블린이 세상을 멸망시키겠느냐? 멍청하긴. 보이긴 보이느냐?"

"네."

그러냐? 스승은 정말로 한 조각도 안 믿는다는 기색으로 어깨를 으쓱거렸다.

"이건 도적 짓이다. 그래서 모험가 놈들이 등장. 정의의 싸움이로소이다. 그리고 졌다."

네 마을보다는 운이 좋다. 스승이 레아답게 소름끼치는 웃음을 짓자, 그는 무심코 눈을 깔았다.

"바보 자식!"

다음 순간, 그는 있는 힘껏 머리를 얻어맞았다.

콰당 넘어진 곳은 잿덩어리. 그는 사람이 탄 재를 듬뿍 들이쉬어서 기침을 했다.

"방금 말하지 않았느냐? 네 마음 따위는 도움이 안 된다. 알았느냐?"

"……네."

그는 그렇게 말하고, 간신히 일어섰다.

팔다리의 그을음을 닦아내고 싶었지만, 용납해주지 않으리라.

"죽은 아기가 길을 건넌다. 죽은 아기로 천장의 양초에 불을 붙일 수 있다. 알겠느냐?"

"아뇨."

"너는 바보구나. 거위 등에 태우고, 다음은 천장까지 시체를 쌓아 올리는 거다."

스승이 저열한 웃음을 무너뜨리지 않으며 가까운 시체를 있는 힘껏 걷어찼다.

데굴 굴러 드러눕게 된 엘프 여자다. 평탄한 가슴에는 화살이 몇 개 박혀있었다.

가죽 갑옷의 잔해는 남아 있었지만 옷은 찢어지고, 목의 인식표만이 모험가였다는 것을 드러내고 있었다.

원한을 담아 부릅뜬 눈동자는 탁한 유리 같았다. 불에 타기라도 한 모양이다.

죽을 때까지 무슨 일이 일어났는지, 그는 잘 알 수 있었다. 본 적이 있었으니까.

"켁, 아깝게스리."

스승은 엘프의 가슴을 난폭하게 주무르고, 화살을 꺾은 뒤에 유방 위에 앉았다.

"요즘에는 뭐든지 쓰고 버린다. ……어이, 이 녀석을 쓸 방도를 알 수 있겠느냐?"

스승이 말하고, 손으로 장난이라도 치는 것처럼 시체의 가슴을 가지고 놀았다.

그는 조금 생각하고서 말했다.

"……의자?"

“그것 말고다. 아아, 쿠션도 안 된다. 딱딱하니까.”

느긋하게 몸을 푼 스승은 품에서 파이프를 꺼냈다.

그리고 엘프의 긴 손가락을 써서 담배를 채우고, 그녀의 반지를 두드려 불꽃을 튀기더니 불을 붙였다.

“……옷자락은, 천이 된다. 장비도, 남아 있으면 쓸 수 있다.”

“남아 있다면이지. 다음.”

“머리가 길다. ……꼬면, 밧줄 대신 쓸 수 있다.”

“목을 조르는 데는 제일이지. 그리고 팔 수 있다. 너는 모를 테니 서비스다. 가르쳐 주마.”

엘프의 머리칼은 예쁘니까. 스승이 재미없다는 기색으로 중얼거렸다. 그는 수긍했다. 예쁘다고 생각했다.

“다른 건 어떠냐?”

그는 조금 망설였다. 스승이 파이프를 깊숙하게 빨아들였다. 짜증스레 연기를 뱉었다. 그는 말했다.

“먹을 수 있다.”

스승이 씨익 웃었다. 그리고 거창하게 양손을 펼치고, 한탄하는 것처럼 하늘을 우러러 보았다.

“먹는다?! 이 가여운 엘프 아가씨를?! 배를 갈라서 먹어 버리는 게냐?!”

너는 마치 고블린 같구나.

스승의 말에 그는 차분하게— 적어도 그는 그럴 셈으로, 노력하며 대답했다.

“달리, 먹을 게 없다면.”

스승은 싱글싱글 웃더니 연기를 뱉으며 손을 흔들었다.

"계속해라."

"피는, 마실 수 있다. 천으로 거르면. 숯이랑 섞어서, 잉크도 만들 수 있다. 그리고…… 지방은 연료가 된다."

"그리고 여자의…… 특히 엘프의 피와 소변은 고블린을 끌어들일 수도 있다."

그렇게 말하고, 스승은 그의 얼굴을 향해 연기를 고리 모양으로 뿜어냈다.

그는 참으려고 했지만 기침을 하고 눈을 깜빡였다. 다음 순간에는 역시 예상대로 얻어맞았다.

데굴데굴 시체 사이를 굴러간 그는 또 다시 쿨럭쿨럭 기침을 했다.

"뭐 좋다. ─잘 들어라. 쓸 수 있고 없고를 정하는 건 네놈이다."

스승은 엘프에서 훌쩍 내려와 그를 걷어찼다.

숨이 막히고, 몸부림치면서 시체 사이에 묻혔다.

코와 눈과 입을 찌르는 부패한 고기 냄새가 그의 숨을 막았다.

"남들이 도움이 된다고 말해도 불편하다면 버려라. 쓸 수 없다고 해도 편리하다면 써라."

그가 간신히 기어 나오자 스승은 이미 모습이 보이지 않았다.

켈켈 저열한 웃음소리만 시산혈해의 폐허에 메아리치고, 그는 필사적으로 기척을 살폈다.

물론「기척」이란 애매한 것을 느낄 수 있을 리 없다.

스승이 움직이는 소리나, 바람. 무슨 돌멩이라도 걷어차지 않을까 그런 것에 집중했다.

“도움이 안 된다는 건, 네가 쓸모가 없다는 것뿐이다. 뭐든지 쓰기 나름이지.”

“네.”

상상력이 최대의 무기이며, 그것이 없는 녀석부터 죽는다.

몇 번이고 들은 말이었다.

스승이 한 말에 틀린 것은 하나도 없었다.

있다고 하면, 그것은 그가 제대로 못한 것뿐이다.

스승이 말한 것처럼 그는 재능이 없다. 그는 도움이 안 되는 쓰레기고, 아무것도 못했으니까.

그렇지 않다는 것을 증명하고 싶다면, 하는 수밖에 없다.

“선생님의 말은, 도움이 된다고 생각합니다.”

그렇게 말하자 스승의 말이 끊어졌다.

그리고 지독하게 난폭한 손놀림에 머리를 붙잡히더니 전후좌우로 마구 흔들렸다.

그것이, 어째선지 대단히 기뻤던 것을 기억하고 있었다. 다음 순간 땅바닥에 처박혔지만.

그래서 그는 언제나 그 말처럼 했다.

지금까지도 그랬고, 앞으로도 그럴 것이다.

하지 않는다는 선택은, 한 번으로 충분했다.

§

소치기 소녀가 꾸벅꾸벅 졸다가 눈을 뜬 것은 뱃속 깊은 곳에 울리는 북소리가 원인이었다.

—뭐지?

의문은 한순간, 그녀는 퍼뜩 몸을 일으키고 입에서 보글, 거품을 흘렸다.

자신이 그의 위에 올라탄 것처럼 기대어 있다는 걸 깨닫고 머리에 스치는 몇 가지 생각.

—이럴 때가 아냐!

"있지, 일어나. ……일어나."

"음……."

낮게 신음한 그가 머리를 움직였다.

투구 속에서 거품을 뱉으며, 그가 중얼중얼 뭔가 말하고 위를 올려다보았다.

하얗고 탁한 하늘이 우물의 둥근 형태로 오려져 수면에 비친 달처럼 어렴풋이 흔들렸다.

웅웅거리는 북소리는 이 물 너머의 하늘에서 들리는 것 같았다.

바깥— 말할 것도 없이, 고블린.

"보고 오지."

"……괜찮아?"

그녀가 소매를 끌면서 물어본 말에, 그는 「문제없다」라고 한 뒤에 가방에서 쐐기를 꺼냈다.

"더 높은 곳을 오른 적도 있다."

고블린 슬레이어가 말하고서, 물을 차고 몸을 밀어 올려 우물의 벽면을 더듬었다.

손 집을 곳이 있고 호흡의 걱정이 없다면 등반은 놀랄 정도로 편하다.

이윽고 수면에 이른 고블린 슬레이어는 과거에 본 하얀 악어처럼 머리를 내밀었다.

문제는 여기서부터다. 소리를 내서 들키면 본전도 못 찾는다.

아직 우물 입구까지는 거리가 있다. 그는 쐐기를 벽면에 박으면서 쑥쑥 올라갔다.

과거에 도전한 탑 정도로 높은 것도 아니니, 이것 역시 그리 시간은 걸리지 않았다.

"……."

고블린 슬레이어는 우물의 뚜껑을 조금 움직여서 닫으며, 가만히 바깥 상황을 살폈다.

예상대로 추악한 광경이 펼쳐지고 있었다.

"GOBOR……."

"GG……BG."

졸린 표정으로 눈을 비비고, 하품을 섞으며 행군하는 고블린 놈들.

다행히 놈들은 **밤눈**이 어둡다. 발견되지는 않으리라.

그러니까 주목할 것은 고블린 놈들이 아니었다.

"아……."

"……히, 이……."

깃대. 그것도 둘.

고블린 놈들이 드높이 치켜든 그것은 사람의 형태를 하고 있었다.

옷은 벗겨지고, 장비를 빼앗기고, 단련한 몸을 드러낸, 그것이 허망해지는 힘줄이 끊어진 자국.

그리고 팔다리를 목재에 꿰어놓은, 녹슨 말뚝. 떨어지는 피.

모험가— 책형이었다.

몸을 부들부들 떨면서, 핏기가 가신 모습은 명백하게 추위 탓이었다.

열심히 헐떡이는 것은 호흡할 수 없어서가 틀림없다.

고블린 슬레이어는 몇 번 본 적이 있었다. 그래서 경험으로 알고 있었다.

저 자세에서는 자기 무게 때문에 숨이 막히고, 만족스레 호흡을 할 수가 없는 것이다.

선이 가는, 아마도 후위직이었을 아가씨가 소리 없이 입술을 움직이는 것이 보였다.

고블린 슬레이어는 몇 번이고 보았기에 읽을 수 있었다. 신의 이름이다.

목소리가 안 나오는 이유도 금방 알았다. 그것에 필요한 것이 입속에 보이지 않았다.

말뚝이 박힌 작은 손도, 손가락이 저 꼴이어선 인을 맺을 수 없으리라.

고블린 슬레이어는 낮게 신음했다. 누군가의 이름을 중얼거렸다. 의식은 하지 않았다.

그때, 벼락이 떨어진 것 같은 목소리가 쩌렁쩌렁 대기를 흔들며 울렸다.

"모험가여!!"

고블린 슬레이어는 그때 처음으로 행군의 가장 앞에 있는 거구에 눈길을 주었다.

고블린은 아니었다.

그 뭐라던, 분명히…… 그렇다. 전에도 싸운 적이 있는 그 괴물이었다.

"이 여자들의 목숨이 아깝다면 도망치거나 숨지 말고 내 앞에 나타나거라!!"

우선은 관찰에 전념했다.

무기— 전투 망치. 체격— 홉(Hob) 이상, 챔피언 이상. 걷는 법— 난잡.

고블린에게 지시를 내리는 방식— 짜증을 낸다. 고블린의 수, 고블린의 장비.

상대의 의도는 생각할 것도 없었다.

생각해야 할 것은 그것에 어떻게 대응할 것인가다.

"해가 하늘에 이를 때까지 기다려주마! 그렇지 않다면, 신을 저주하는 말로가 기다리고 있다!!"

고블린 슬레이어는 소녀가 고개를 떨구고 눈물을 뚝뚝 흘리는 것을 힐끔 보았다.

괴물도 그것을 보고, 위협하는 것처럼 송곳니를 드러내며 입술을 비틀었다. 웃고 있는 것이다.

"**네놈에게 살해당한 형님의 원한**, 통감하거라!!"

고블린 슬레이어는 철 투구 아래서 눈썹을 찌푸렸다. 형. 기억을 더듬었다. 짚이는 게 없다.

"간다! 따라와라!!"

괴물은 커다란 소리로 외치고, 발치를 얼쩡거리는 고블린을 걷어차면서 행군을 계속했다.

마을 전체를 걸어 다니며 끌어낼 셈인 모양이다.

좋다. 고블린 슬레이어는 중얼거렸다. 좋다 그래. 그는 스르륵 우물 속으로 돌아갔다.

"어, 어땠어……?"

물을 튀기지 않고 안으로 들어가자, 무릎을 끌어안고 있던 소치기 소녀가 보글보글 말했다.

숨길 수 없는 불안이 떠도는 거품의 흔들림으로 나타나고 있었다.

그 커다란 목소리가 수중이라고 전달되지 않았을 리는 없으리라.

"인질. 본보기. 방패. ……이쪽이 금방 위험해지지는 않는다."

고블린 슬레이어는 신중하게 말을 골라 말했다.

"고블린 놈들의 지혜는 아닐 거다. 그러나, 하는 짓은 비슷하군."

소치기 소녀가 몸을 부르르 떨었다.

목장에 밀려들어온 고블린 놈들이 그런 **방패**를 준비했던 것을 알고 있었다.

고블린 슬레이어는 자신의 장비를 점검하기 시작했다.

오래 수중에 있었던 이상, 장비는 모두 물에 젖었다. 올라가면 행동하기 전에 닦아내야 하리라.

중간에 얼어붙어 움직임이 둔해지면 큰일이다.

그리고 그것은 그녀도 마찬가지였다. 고블린 슬레이어는 담담하게 말했다.

"올라가면, 몸을 닦고 옷을 말리거나 물을 짜내라. 동상에 걸린다."

"으, 응……."

수긍한 그녀의 말은 약했다.

눈이 차분함을 잃고서 좌우로 움직이며, 곤혹과 공포를 말보다 많이 논하고 있었다.

"걱정 마라."

고블린 슬레이어는 말했다. 망설임은 없었다.

"살려서 보내진 않는다."

소치기 소녀는 엉망으로 일그러진 웃음을 지으며 고개를 끄덕였다.

제7장 『얼음 마녀의 동굴』

Goblin Slayer
He does not let anyone roll the dice.

"자, 너희들! 이제 그만 준비를 하렴!"

얼음 마녀의 말을 듣고서, 사스콰치들이 우르르 일어섰다.

"어제처럼 바보가 실수해서 토끼 한 마리도 못 데리고 오면 오늘은 가만 안 둬!"

덕분에 배가 고파서 어쩔 수가 없다—. 얼음 마녀의 말에 사스콰치 놈들의 시선이 한 마리에게 박혔다.

그 녀석은 원망스레 뭐라고 중얼거렸지만, 동료들이 노려보는데 반발할 용기는 없어 보였다.

—그거면 된다.

얼음 마녀는 생각했다. 바보는 바보들끼리 노려보면서 투닥거리면 된다.

만에 하나 이쪽으로 적의가 돌아서면 버틸 수가 없다.

물론 그렇게 됐을 때를 대비해두기는 했지만…….

—귀찮기 짝이 없으니까.

대처하는 것도, 이렇게 부리기 쉬운 무리를 다시 모으는 것도.

사스콰치 놈들은 지금 한 마디를 듣고서, 간단히 어제 실수한 한 마리를 노려본다.

부리기 쉽다. 그렇지만 이제 그들의 머리에서 첫 명령 따위는 빠져나갔을 것이다.

내심 짜증나는 것을 감추지도 않으면서, 얼음 마녀는 몇 번이고 양손을 두드려 소리를 냈다.

"자, 내가 한 말을 벌써 잊었니?!"

"그치만, 이 녀석 때문에 우리가다……."

"얼른 안 가면, 그 역겨운 해님이 높이 뜨지 않겠니!"

노려보자, 그제야 사스콰치 놈들은 황급히 발소리를 내며 움직이기 시작했다.

오늘도 토끼 수인의 마을에서 약탈을 한다—. 수수하지만, 뭐 그것 자체는 좋다고 얼음 마녀는 생각했다.

화려하게 움직이는 건 아직이다. 지금은 어쨌든지 힘을 쌓아야 한다.

언제든지 시간은 이쪽 편이다. 조바심 낼 필요 없다.

지금은 봄의 정령을 잠재우고 겨울을 길게 끌어서, 사스콰치 놈들의 세력을 늘린다. 그러면…….

—무서울 것 없다. 라고는 입이 찢어져도 말할 수 없겠지만 말이지.

그래도 일이 상당히 편해지는 건 알고 있었다.

언젠가는 수도까지는 아니더라도, 도시 하나 정도는 손에 넣어주겠다. 그러면 안락하게 수백 년을 살 수 있다.

무엇보다도, 토끼 수인도 진미라고 생각하지만 이제 그만 질리는 감이 있었다.

역시 이제 슬슬 젊은 흄 아가씨 맛이 그리워지는…….

"……오?"

그런 생각을 하면서 입맛을 다신 탓일까?

얼음 마녀는 문득 풍겨온 그 냄새. 지린내가 풍길 정도로 나이 어린, 소녀의 냄새를 맡은 것 같았다.

코를 움찔거리면서 주위를 둘러보자 동굴 입구에 작은 그림자 하나가 우두커니 서 있었다.

몸집이 작고 가녀리다. 자그마한 마른 계집아이. 신관복을 입었고, 손에는 석장.

"—모험가?!"

"아무도(No Man) 아니다?!"

사스콰치 한 마리가 비명을 지르는 것보다 빠르게, 소녀가 석장을 드높이 치켜들었다.

"《자비 깊은 지모신이여, 어둠 속 길 잃은 우리들에게 성스러운 빛을 베풀어주소서》!!"

눈부신 백광을 뿜으며 성스러운 태양이 찬란하게 동굴의 어둠을 지워버렸다.

§

"지금이에요, 가요!"

"오오! 리자드맨 제일의 칼! 이이야아아아아앗!!"

《홀리 라이트(성스러운 빛)》에 눈이 타 들어가 뒤집어지는 사스콰치 놈들. 그 혼란 속으로 함성을 지르며 리자드맨 승려가 파고들었다.

"《금룡(禽龍)의 선조인 뿔이며 발톱이여, 네 다리, 두 다리, 땅에

서서 달리라》!!"

그 등 뒤에는 용아병(드래곤투스 워리어)이 소리 없는 함성을 지르고 턱뼈를 딱딱 울리며 용감하게 따랐다.

손톱손톱송곳니꼬리가 사스콰치 놈들의 발치에서 미쳐 날뛰자, 그들은 견디지 못하고 비명을 지르며 발을 굴렀다.

"기아악?!"

"아프다아?!"

더욱이 거기에 바람을 가르며 몇 개의 화살이 날아들면 당해낼 수가 없다.

두꺼운 모피가 있다지만, 비유하자면 독충에게 몇 번이고 쏘이는 것과 마찬가지다.

넓은 방으로 뛰어 들어간 엘프 궁수가 밀림을 달리는 것처럼 사스콰치의 다리 사이로 달리며 다음 화살을 메긴다.

"자, 드워프! 느리잖아!"

"정말이지, 길쭉귀야! 너는 좀 더 차분함을 길러야 하느니라……!"

사스콰치 놈들의 다리가 커다란 나무라면, 그것을 전투 도끼의 일격이 찍어서 쓰러뜨린다.

버둥거리는 사스콰치의 발치에서 드워프 도사가 나무를 베는 것처럼 손도끼를 들었다.

"으랏차아!!"

"?!?!?!?!?!"

이미 비명은 말이 되지 못한다.

발가락이 절반쯤 잘려나간 사스콰치가 땅울림을 일으키며 굴러다

니고, 발톱 끝을 부여잡으며 히이이익 울부짖는다.

"에이잇, 뭘 하고 있는 거야!!"

얼음 마녀가 눈을 누른 채 외치는 말도, 끼아아아 외쳐대는 사스콰치 놈들의 울음소리에 가로막혔다.

이 틈을 놓칠 수는 없었다.

"죄송해요, 부탁드립니다……!"

여신관은 엘프 궁수가 벽을 차고서 고도를 벌어 사스콰치의 귀를 노리는 참에 말을 걸고는 달려 나갔다.

"맡겨만 둬!"

그녀의 대답과 함께 사스콰치의 비명. 그것을 등지고 달리는 여신관 뒤에는 더욱이 세 사람이 따르고 있었다.

신참 전사, 수습 성녀, 그리고 흰 토끼 엽병.

"우옷, 굉장해……!"

리자드맨 승려가 꼬리로 사스콰치의 정강이를 때려 넘어뜨리는 것에 신참 전사가 무심코 감탄을 흘렸다.

대혼란의 방을 달리는 표정은, 그도 그렇지만 다른 두 사람도 흥분이 가득했다.

"설마."

수습 성녀가 숨을 고르면서 말했다.

"똑바로 돌진해서 날뛰다니……."

"이럴 때는, 오히려 단순한 편이 좋다고 하거든요."

여신관은 수줍게 응답했다.

"눈을 가로막고 발치를 노리면…… 편리하니까요."

그렇게 달리면서 등 뒤의 세 사람에게 눈길을 주었다.

두 명은 여신관도 전에 같이 행동한 적이 있지만, 흰 토끼 엽병은 이번이 처음이었다.

재빠르게 달리는 모습은 문제가 없어 보였고, 사냥꾼으로서 산을 뛰어다닌 것도 분명하다.

그러나 모험가로서의 경험은 — 자신과 비교해서 생각하는데 저항이 있지만 — 없었다.

여신관은 신경을 쓰는 걸 의식했다. 언제나 그가 자신에게 그렇게 해주는 것처럼.

"이대로 안으로 가요!"

그렇게 말하자, 흰 토끼 엽병이 고개를 끄덕였다. 뭘 할 건지 알고 있다면 안심이다.

"그래서, 방향은 어떤가요?"

"그러니까……!"

이어서 질문을 받은 수습 성녀가 손에 든 양초의 불에 의식을 집중했다.

마법의 양초는 다행히 이런 전투의 와중에도 꺼질 기색이 없었다.

오히려 나머지가 짧은 것이 걱정이었지만— 그것도 아직은 괜찮아 보였다.

"저쪽이요! 한 가운데 통로 같아!"

넓은 방에서 뻗는 무수한 길 중 하나를 가리킨다. 흰 토끼 엽병이 달리면서 귀를 흔들었다.

"하지만, 저 구멍은 사스콰치는 못 들어가지 않을까……!"

"그렇기 때문에, 예요!"

여신관이 수긍하고서 석장을 쥐어 대비하며, 선두로 나서더니 그 길에 뛰어들었다.

"가요!"

—그래요, 얼음 마녀가 사스콰치들의 주인이라면…….

분명히 사스콰치에게는 은의 화살을 빼앗기기 싫을 것이다— 라고 여신관은 생각했다.

그렇다면 은 화살이 있는 곳은 사스콰치들이 절대로 들어가지 못하는, 손이 안 닿는 장소.

필연적으로 은 화살을 찾고자 하면 사스콰치들과의 전투를 피할 수 있다. 한순간만 빠져나간다면.

—운도 조금, 아니, 크게 작용하는 일이지만…….

잘 돼서 다행이에요. 여신관은 남몰래 가녀린 가슴을 쓸어 내렸다.

"잘은 모르겠지만, 이 앞이지? 그러면 안쪽까지 달려가서 얼른 찾자!"

신참 전사가 곤봉을 손에 들고 기세를 올렸다.

은 등급 모험가 세 사람의 전투를 눈앞에서 본 탓이리라.

그의 눈에서 「나는 해낸다!」라는 의지가 전해지는 것 같아서 여신관이 쓴웃음을 지었다.

"그 기개는 좋지만, 신중하게, 그리고 서둘러서 가요. 아마 다음은……."

그녀의 말이 끝나는 것보다 빠르게, 응어리진 바람이 술렁술렁 일행의 등 뒤에서 불어 닥쳤다.

“……아, 위험할지도 몰라.”

흰 토끼 엽병이 기다란 귀를 삭 내리고, 몸을 부르르 떨었다.

여신관도 분명히 들었다. 좌아아아아. 마치 모래가 무너져 떨어져 내리는 것 같은 기이한 소리를.

무슨 일이 일어나고 있다. 무언가가. 뭐가……?

“으엑…….”

“여기서도야……?”

그에 비해서 신참 전사와 수습 성녀는 좀 봐달라고 말하는 것처럼 표정을 찌푸렸다.

소리는 등 뒤에서, 마치 일행을 감싸려는 듯 밀려들어 다가온다.

석장을 양손으로 겨누고 돌아본 여신관은 길의 입구, 그림자 속에 선 악귀의 형상을 한 여자를 보았다.

“네에……노옴……드을……이이!!!!!”

얼음 마녀가 내뱉는 저주와 함께 얼어붙을 것 같은 바람이 불어닥쳐, 여자 주위의 그림자가 미친 듯이 춤을 추었다.

아니, 그것은 그림자가 아니었다.

바다처럼 파도치면서, 꿈틀거리며 여신관 일행을 삼키려고 덤벼드는 그것은, 그 무리는…….

거대 쥐
“자이언트 랫?!”

“으랏차차!!”

여신관의 외침과 신참 전사의 함성은 거의 동시.

양손 강타의 대선풍이 선두의 한 마리에게 작렬하여 대가리를 쳐올리고, 두세 마리 한꺼번에 날려버렸다.

기이한 소리를 내면서 공중을 날아간 그 자이언트 랫 놈들은 벽에 격돌하여 몸부림친 끝에 움직임을 멈추었다.

그 틈을 놓칠 리 없다. 괜히 하수도에서 쥐와 벌레 놈들 상대로 격투를 해온 것이 아니다.

곧장 달려들어서 오른손의 곤봉으로 강타(배쉬), 강타(배쉬), 강타(배쉬).

"쥐 한 마리마다 돈을 받았으면 지금쯤 떼부자가 됐겠다아!!"

"바보 같은 소리 하지 말고, 다음 올 거야!!"

물론 곤봉으로 일격을 노리는 건 크게 휘둘러야 한다. 상대는 다수다. 그것도 늘 있는 일이다.

발치에 굴러다니는 얼음 파편을 주운 수습 성녀가 천으로 감싼 그것을 날카롭게 휭 던졌다.

빠직. 안면에 그것을 맞은 쥐가 뒤집어져 배를 보이자, 신참 전사는 그곳에 뛰어들었다.

"체스트 버스터, 받아봐라!!"

두꺼운 가죽을 꿰뚫는 건 이쪽이 좋다. 왼손 역수로 쥔 검이 자이언트 랫의 가슴팍을 한 일자로 갈랐다.

파악 튀어 오르는 피보라를 떨쳐내고, 이어서 곤봉을 일섬. 시체와 함께 옆으로 치운다.

"입에 들어가면 돈 들어가니까……!"

"절약은 중요해! 그리고 입가를 가려!"

"틈이 없어!"

떠들썩하게 말다툼을 하면서도 수습 성녀가 돌을 던지고, 신참 전사의 곤봉과 검이 부르짖었다.

그 모습을 멍하니 보고 있던 여신관은 제정신을 차리더니, 입에서 후우 숨을 내쉬었다.

"……할 수 있겠네요!"

"바라던 바는 아니지만!"

여신관이 수긍하며 한 말에, 수습 성녀가 외쳐서 대답했다.

그러는 동안에도 천칭검을 휘둘러 가까운 한 마리를 때렸다. 무척 익숙한 동작이었다.

"전부 막을 수 있다고는 못하지만, 뒤는 맡겨둬……!"

"으랏차, 얼마든지 와봐!!"

좁은 곳에서 다룰 수 있는 아슬아슬한 길이의 곤봉을 휘두르고, 위세를 부리며 외치는 신참 전사.

"우쭐대지 말고!"

그의 바로 옆에서 외치며 눈매를 날카롭게 뜨는 수습 성녀.

그 모습에 그리운 누군가의 모습을 떠올린 여신관이 한 번 눈을 감고서, 다시 떴다.

"맡길게요!"

"네!"

수습 성녀가 던져서 건넨 양초를 받아서, 여신관은 흰 토끼 엽병과 함께 다시 달렸다.

등 뒤에서는 연속해서 울리는 구타 소리. 꺄아꺄아 소녀의 목소리. 쥐의 비명. 얼음 마녀의 매도.

여신관은 눈가를 비비고, 발치까지 빠져 나온 자이언트 랫을 석장으로 두들겼다.

"에이잇!"

한 방에 비명을 지르며 도망치는 것을 보니 고블린 정도는 못 된다.

그런 생각을 하며 달리는 여신관 옆에서, 흰 토끼 엽병이 조용히 말했다.

"……다들, 굉장하네……."

"네!"

여신관은 숨이 차지 않도록 호흡을 조정하면서 마치 자기 일처럼 기쁘게 수긍했다.

"모두들, 무척 굉장해요……!"

엘프 궁수, 리자드맨 승려, 드워프 도사. 그리고 수습 성녀, 신참 전사.

다들, 다들, 무척 굉장한 사람들이다. 자신과는 전혀 다르다.

"……."

그것을 들은 흰 토끼 엽병은 폴짝폴짝 달리면서 뜻밖에 고개를 갸웃거렸다.

"나는 누나도 포함해서 말한 건데요."

"에……."

여신관은 아무 말도 못하고 시선을 앞으로 돌렸다.

달리면서 볼이 확 뜨거워지는 걸 스스로도 알 수 있었다. 어두워서 다행이라고 생각했다.

"그, 그런가……요?"

"그럼요."

—그렇다면.

그것은 역시, 자신의 힘이 아니리라.

지금 여기에 없는 그 사람 덕분이다.

여신관의 손 안에서 양초의 불이 기세가 늘어났다.

은 화살은 이제 금방이었다.

§

대혼란 속에서, 그러나 얼음 마녀는 별명처럼 뼛속까지 냉정했다.

등 뒤에서는 거인 놈들이 허둥거리며 대소동, 눈앞에서는 쥐의 무리가 막혀 있었다.

이 상황을 이끌어낸 건— 누구지?

생각할 것도 없는 일이다. 그녀는 알 수 있었다.

석장을 들고서 소리를 높이는, 솔선해서 뛰어 들어온 그 계집이다.

하얀 옷. 지모신의 총애를 얻은 신관. 아무도(No Man) 아니다.

—그 계집이, 요체로군!

"이놈…… 영차!"

"온다, 또 한 마리 오른쪽에서 와!!"

"어딜!!"

역겹게도, 나이도 안 찬 모험가 놈들은 익숙한 기색으로 쥐를 죽이고 있었다.

—뭐, 그것에 열중하고 있으면 된다.

얼음 마녀는 피처럼 붉은 목 안쪽을 드러내면서 씨익 웃었다. 날카로운 송곳니가 눈이 반사한 빛에 반짝였다.

곧장, 그녀의 몸이 싸락눈처럼 사라락 무너져서 쥐와 소년소녀 사이를 스윽 빠져나갔다.

뼈까지 얼어붙을 것 같은 바람에 그들은 부르르 몸을 떨었지만, 그 이상의 정체는 없었다.

싸우지 않으면 살아남을 수 없다.

그것은 이 자리의 누구에게나 진실이었다.

§

"오, 이건가?"

어슴푸레한 동굴의 발치와 등 뒤를 신경 쓰면서 달리기를 잠시, 흰 토끼 엽병이 귀를 쫑긋 세웠다.

여신관이 눈을 깜빡이면서 보니, 과연 바위벽의 움푹 들어간 곳에 낡은 상자가 놓여 있었다.

손에 든 양초는 활활 타올라서, 들고 있기도 힘들 정도. 틀림없는 것 같았다.

"열 수 있나요?"

호흡을 정돈하면서 들여다보는 여신관에게 「글쎄」라면서 태평하게 대답하고, 흰 토끼 엽병은 귀 뒤를 뒤졌다.

"뭐, 해볼게요. 못 열면 우리들은 끝장이니까요."

길쭉한 작은 가지 같은 것을 스륵 꺼내더니, 흰 토끼 엽병이 그것을 살며시 열쇠 구멍에 밀어 넣었다.

잠시 그걸로 자물쇠를 살피더니, 뚝하고 두세 개의 작은 가지를 부러뜨린 다음에 철커덕 소리가 울렸다.

"오, 열렸다."

"함정은……?"

"응, 해볼게요. 뚜껑은 아직 보질 않았으니까."

등 뒤— 동굴 안을 울리는 전투 소리에 끊임없이 돌아보는 여신관에게 흰 토끼 엽병이 고개를 끄덕였다.

뭐 문제는 없으리라—. 토끼 수인 특유의 낙관적인 방향으로 생각했다.

어쨌든 얼음 마녀는 이것을 자기가 아닌 누군가가 여는 것을 상정하지 않았을 것이다.

그렇다면 함정에 걸리고 싶다고 생각지 않으리라. 경보라면 좋겠네. 울려도 지금은 의미가 없으니까.

—마법의 함정이라면, 그 때 생각하면 되겠지.

얇고 넓적한 나이프로 뚜껑과 상자 틈을 찔러서 와이어가 있는지 확인한다. 이제 됐다.

"열어보도록 할까요."

"부탁드릴게요!"

그럼. 뚜껑은 묵직한 소리를 내면서 즈즈즈 움직인 다음에 동굴 바닥에 덜컹 떨어졌다.

안에는— 눈부실 정도로 빛나는 은 화살.

백은의 화살이다.

여신관은 1년, 2년의 모험에서 손에 꼽을 정도밖에 본 적이 없는 재보의 빛에 눈을 크게 떴다.

마법의 무구 — 리자드맨 승려의 무장을 제외하고 — 따위, 볼 기회가 거의 없는 거나 마찬가지였다.

그래도 알 수 있다. 이것은 범상치 않은 것이다. 성스러운 무기—서사시에서 칭송해 마땅한 것이다.

"이거라면……!"

"가능할지도 모르겠네!"

석장을 꼭 고쳐 쥐고서, 여신관이 살며시 은 화살로 손을 뻗었다.

닿은 손가락 끝에서부터 따스함이 전해지는 감촉이 느껴졌다. 들어 올리자 깃털처럼 가볍다.

"그러면, 저, 여기요."

"후에?"

여신관이 공손하게 화살을 내밀자 흰 토끼 엽병이 그 작은 눈을 동그랗게 떴다.

"저, 말인가요?"

"저는 슬링(투석끈)은 조금 다룰 수 있지만 활은 쏜 적이 없으니까요……."

그리고 이건 당신 아버님 화살이고요.

여신관이 그러면서 미소를 짓자, 흰 토끼 엽병은 침을 꿀꺽 삼키고 폭신폭신한 양손을 내밀었다.

"바, 받겠습니다입니다, 네……."

"네. 잘 부탁드려요!"

은 화살을 쥔 흰 토끼 엽병은 그것을 허리의 벨트에 단단히 끼웠다.

이어서, 털이 뒤덮은 손으로 허둥지둥 옷 여기저기를 두드렸다.

"야, 약이, 약……."

"당황하지 마세요. 떨어뜨리면 큰일이니까요."

"물론이고말고요!"

이제 됐다. 이제는 돌아가기만 하면 된다.

두 사람은 고개를 끄덕이고, 지금 지나온 길을 달려서 돌아갔다.

점점이 쓰러져 있는 쥐의 시체, 굳어서 끈적거리기 시작한 검은 시체를 피하면서.

여기서 잘못하여 넘어지면 봐줄 수가 없었다.

서서히 전투 소리가 가까워진다. 구타. 소년소녀의 기합. 쥐의 비명.

"아직, 괜찮은 것 같아요……!"

"안 늦어서 다행이네!"

흰 토끼 엽병과 고개를 끄덕이고 여신관은 눈웃음을 지었다.

이제 거리는 조금 남았다. 옷자락을 휘날리고 달리면서, 여신관은 기쁨에 들뜬 목소리를 냈다.

"돌아왔어요…… 윽!!"

그때였다.

휭. 등줄기가 얼어붙는 것처럼 하얗고 차가운 바람이 불었다.

§

"어……?"

여신관은 눈썹에 붙은 서리를 떨치는 것처럼 눈을 반복해서 깜빡였다.

옆에서 흰 토끼 엽병이 뭔가 말하고 있었다. 멀리서는 신참 전사와 수습 성녀의 목소리가 울리고 있었다.

그러나 그것들 모두 키잉 새된 귀울림과 비슷한 바람 소리에 사라졌다.

그녀는 지금 눈보라 한가운데에 있었다.

춥다는 생각에 어깨를 끌어안아보니, 부드러운 감촉. 맨살에 손가락이 닿았다.

"어? 앗…… 꺅……?!"

—저, 알몸이에요……?!

실오라기 한 올 안 두른 나신이 드러난 것을 깨닫고서, 그녀는 수치심에 볼을 물들이며 웅크려버렸다.

춥고, 창피하고, 얼굴이 뜨겁고, 몸이 뼛속부터 시려서 부르르 떨렸다.

휘몰아치는 눈보라는 아픔마저 느껴질 정도다. 그녀의 눈동자에서는 눈물이 뚝뚝 떨어졌다.

목덜미가 찌릿찌릿하다. 여신관은 손으로 더듬어서 석장을 찾고, 움켜쥐어 간신히 몸을 지탱했다.

일어서서 걸어가고자 하면, 바람이 그녀의 가녀린 몸을 덮쳐서 오른쪽으로 왼쪽으로 크게 흔든다.

도저히 움직일 수 없다. 어떡하면 좋을지 알 수가 없어서, 여신관은 또 훌쩍훌쩍 울었다.

"어이."

지독하게 낮고 차가운 목소리가 들린 것은 그녀의 정신이 혼란의 극치에 이른 직후였다.

몇 번이고 눈을 반복해서 깜빡이고, 하얗게 흐려진 시야 너머로 눈에 힘을 주었다.

"아……!"

여신관은 태양빛을 받은 꽃이 흐드러진 것처럼 얼굴이 활짝 밝아졌다.

지저분한 가죽 갑옷, 싸구려 철 투구, 팔에는 자그마한 원형 방패. 허리에는 어중간한 길이의 검.

틀림없다— 틀림없다……!

"고블린 슬레이어 씨……!"

목덜미가 찌릿한 것도 개의치 않고, 여신관은 일어서서 달려갔다.

바람은 역시 키이잉 새된 소리를 내며 울었고, 다른 소리는 들리지 않았다.

"그래. 무사한가."

그런데 신기하게도 그의 낮은 목소리는 귀에 닿았다.

난폭한 손놀림으로 팔을 뻗더니, 맨살에 투박한 가죽 갑옷의 감촉이 닿았다.

머리를 쓰다듬어주자, 여신관은 편안함에 눈웃음을 지었다. 목덜미의 아픔 따위 잊어버릴 것 같았다.

"네, 네에……. 하지만, 어째서……?"

여신관은 눈동자를 올려 그의 철 투구를 살피면서 속삭이듯 물었다.

여전히 표정은 알 수 없었다. 그저 투구의 면갑 안에서 활활 타오르는 붉은 눈동자가 보였다.

그녀는 머리를 손으로 빗어내는 것처럼 목덜미에 손을 대었다. 찌릿찌릿 솜털이 곤두서 있었다.

문득, 여신관은 코를 살며시 움직였다. 맡아본 적이 없는 피 냄새가 떠도는 것 같았다.

"저, 저기, 혹시 다치신 건가요……?"

"아니."

그는 고개를 옆으로 저었다.

"그러나, 나중에 기적이라도 걸어주면 된다."

여신관은 침을 삼켰다. 목덜미에 드리우는 머리칼을 손으로 떨치고 석장을 쥐었다.

"그리고, 고블린은……?"

"고블린?"

그는 기묘한 말을 들은 것처럼 멈춰 서서 천천히 고개를 옆으로 저었다.

"그런 것보다, 네가 걱정이다."

그는 조용히 말하고 여신관의 목덜미에 살며시 손을 올렸다.

가죽 장갑이 식어서 얼음처럼 날카롭다. 그녀는 움찔 몸을 움츠렸다.

"부탁이 있다. 은 화살을 건네다오."

"아, 네. 저기, 은 화살 말이죠?"

알았어요. 여신관은 고개를 끄덕였다. 그도 끄덕여 주었다. 기쁜 태도였다.

여신관은 웃었다. 용기를 가지고 얄팍한 가슴에 한껏 공기를 들이쉰 다음에 말했다.

“《자비 깊은 지모신이여, 부디 이자의 상처를 그 손으로 어루만지소서》!”

§

끼아아. 부지깽이를 들이댄 것처럼 탁한 비명이 눈보라를 지워냈다.

“아, 이……에에에에에에에에에에에에엣?!”

여신관은 문득 되살아난 동굴 한가운데에서, 몸부림치는 얼음 마녀를 무표정하게 바라보며 숨을 내쉬었다.

—환각, 아니, 매료 같은 걸까요?

흡혈귀가 가졌다는 특이한 능력 중 하나다.

목덜미에 아직도 남아 있는 차갑고 날카로운 감촉에 그녀는 몸을 부르르 떨었다.

만약 그대로 몸을 맡겼다면 어떻게 됐을까? 그것은 오한이 드는 상상이었다.

반사적으로 몬스터 매뉴얼의 기술을 떠올리지 않았다면 과연 어찌 됐을까?

어쩐지— 그가 자신이 바라는 행동을 해준다 싶었다.

걱정해주고, 칭찬해주고, 머리를 쓰다듬어주고.

물론 평소부터 그는 나름대로 서투르게 배려를 해주는 일이 있긴 하지만…….

“하지만, 그렇지 않단 말이죠.”

—그 사람, 정말로 못 말리는 사람이니까요.

가녀린 가슴 속에 소중하게 품은 그 마음에, 여신관은 쓴웃음을 지었다.

그래서 희미한 기대와 함께 치유의 기적을 탄원한 것이다.

만에 하나 그것이 정말로 그였다고 해도, 아무런 해가 없는 치유의 기적을.

그렇다. 저주 받은 기도하지 않는 자, 망자가 된 자에게 신의 기적은 맹독이나 다름없다.

―정말이지, 정말로 오랜만의 《힐(소회복)》이 이렇다니요.

여신관은 희미한 불만을 품으며 옆으로 굴러 **사선**을 열었다.

"얼음 마녀!"

그 목소리는, 그 작은 흰 토끼의 것이라고 생각하기 어려울 정도로 강렬하게 동굴에 울려 퍼졌다.

여신관이 비켜난 곳에 선 흰 토끼 엽병은 그 작은 손에 역시나 작은 석궁을 겨누고 있었다.

끼이익 당긴 현에는 어둠 속에서도 빛나는 이슬을 머금은 백은의 화살을 메기고 있었다.

젖은 화살촉에 깃든 그 빛을 보고, 얼음 마녀는 저주해 죽이리라는 듯 기염을 토했다.

"네노오오오옴!!"

"토끼 마을 제일의 화살이다!"

비잉. 그 소리는 현악기의 음색과 닮아서 아름다웠다.

화살은 싸늘한 공기를 헤치며 날아가 자신이 만들어진 역할을 다하고자 했다.

똑바로 얼음 마녀에게 박힌 날카로운 화살촉이 저주 받은 혈육을 끓어 올리며 그 심장을 꿰뚫었다.

"——."

이번에는 소리도 나지 않았다. —아니, 흄의 귀에는 안 들릴 정도로 새된 비명.

얼음 마녀는 괴로움에 몸부림치면서 그 가슴에서 돋아난 화살을 뽑고자 필사적으로 손을 뻗었다.

그러나 손가락은 화살에 닿자마자 타오르고, 재가 되어 푸스스 무너졌다.

이제 여기까지.

단말마의 고통에 몸부림치면서도, 얼음 마녀는 살의를 뿜어내며 오로지 한 사람을 노려보았다.

신관복의 얼룩을 떨쳐내며 일어서서, 석장을 들고 그녀를 보고 있는 여신관.

역시 저 계집이 요체다.

죽여주마, 죽여주마, 죽여주마!

그것은 단순명쾌한 응보의 의지. 이미 목까지 타오른 얼음 마녀에게 남은 수단은 눈동자뿐이다.

여신관을 비추는 빨갛게 충혈된 눈동자에 균열이 생기고, 빛나더니, 그리고…….

"《심판의 다스림, 검의 군주, 천칭을 든 자여. 그 힘을 보이소서》!!"

신성한 기적이 **벌**을 내렸다.

치켜 올린 천칭검. 온몸은 쥐의 피로 더러워졌고, 소꿉친구의 어깨를 빌려서 서 있는 소녀.

쥐들을 쫓아낸 그녀가 후방의 이변을 깨달은 것이다.

벗을 위해, 법을 위해, 질서를 위해, 흰 토끼들이 사는 이 아름다운 산들을 위해서.

강한 시선으로 역겨운 흡혈귀를 바라본 그녀에게 응하여, 지고신의 검이 내렸다.

대기를 끓이며 백열한 뇌전은 초자연적으로 궤도를 변화시키며 백은의 화살로 쏟아져 내렸다.

"———?!?!?!?!"

이번에야말로 얼음 마녀는 소리도 없이 파멸했다.

기분 나쁘게 경련하며 죽음의 춤을 추면서, 눈을 한 번 두 번 깜빡일 시간에 육체가 타 들어간 것이다.

마지막으로 남은 붉은 눈동자에서 뿜어져 나온 체액이, 여신관의 머리칼 한 줌과 볼을 스치고 벽에 구멍을 뚫었다.

그러나 그뿐이었다.

동굴 바닥에 쌓인 재의 산은 휘몰아친 눈과 바람에 흩어지고, 순식간에 사라졌다.

역할을 다한 은 화살도 눈앞에서 녹이 슬더니 너덜너덜하게 삭아 버렸다.

이미 얼음 마녀라고 불린 흡혈귀의 흔적은 여신관의 볼에 그어진 붉은 핏줄기뿐이다.

그것이, 마지막이었다.

§

벼락의 굉음은 격렬한 싸움을 벌이고 있는 커다란 방에도 울려 퍼졌다.

수에 장사가 없다지만, 통제가 안 되는 거인들은 그것을 어떻게 받아들였을까?

발치를 기어 다니면서 통렬한 일격을 가하는 일기당천의 모험가 놈들은 그야말로 독충 같았다.

"드워프! 그쪽으로 갔어!"

"알고 있느니라! 그건 그렇고, 덩치만 커서 지혜가 없다는 것이란 거구먼……!"

"그렇지만, 거대하다는 것은 그것만으로 한 가지 진화의 정점이 아니겠는가!"

방심은 금물. 그것은 세 사람 모두 이해하고 있는 일이었다.

그 애— 여신관과, 세 소년소녀들. 그들이 일을 이룰 때까지 한 마리도 놓치지 않으리라.

방심 따위 할 여유가 없었다. 그들은 활을, 도끼를, 손톱손톱송곳니꼬리를 종횡무진으로 휘두르며 달렸다.

얼굴이나 눈에 작은 화살이 날아오고, 발가락을 끊고, 정강이를 호되게 두드려 맞는다.

이것은 정말이지 견딜 수가 없었다.

키악. 거인들은 비명을 지르면서 쿵쾅쿵쾅 발을 구르고 팔을 휘둘러 내리친다.

모험가들에게는 커다란 방도, 거인 놈들에게는 좁은 방이다. 혼란은 수습이 되지 않는다.

그리고 그때 뇌전(雷電)에 격진(激震)이다.

신이 휘두르는 단죄의 검은 그 대음량으로 방의 전투 소리를 한순간 지워버렸다.

"뭐, 뭐다냐……?"

"지금 그건 벼락님아니다냐……?"

거인 놈들은 산 높은 곳에서만 들려야 할 소리에 무심코 얼굴을 마주보더니 움직임을 멈추었다.

모험가들도 어깨를 거칠게 들썩이고 숨을 쉬면서, 무기를 휘두르는 손을 멈추었다.

세 모험가는 방의 중앙으로 모여서 날카롭게 말을 나누었다.

"……해낸 걸까?"

엘프 궁수가 낮은 목소리로 속삭이면서 기다란 귀를 위아래로 쫑긋쫑긋 움직였다.

"알 수 없느냐?"

드워프 도사가 도끼를 양손으로 고쳐 쥐면서 그녀를 노려보았다.

"너는 엘프가 아니더냐? 자랑하는 길쭉귀는 어쨌느냐?"

"아무리 그래도 저렇게 소란을 피워대면 들릴 것도 안 들려……."

"이거야 어찌됐건."

리자드맨 승려가 유쾌하게 말하고 눈알을 빙글 돌렸다.

"무슨 일이 있든지, 결과는 보는 바와 같다…… 아니겠는가?"

그 말이 맞았다.

안으로 이어지는 통로에서 조용해진 방으로 발소리가 들렸다. 그것은 서서히 커졌다.

그것은 네 모험가들이 걸어오는 소리가 틀림없었다.

온몸이 검붉은 피로 더러워지고, 양손에 검과 곤봉을 늘어뜨린 신참 전사.

그 옆에는 자신만만하게 가슴을 펴고, 자랑스럽게 천칭검을 든 수습 성녀.

석궁을 들고서, 몇 번이고 쉴 새 없이 반복해서 눈을 깜빡이고 폴짝폴짝 걷는 흰 토끼 엽병.

그리고 일행의 선두에 서서 결연한 표정으로 석장을 치켜든— 얼굴에 한 줄기 상처가 난 여신관.

"뭐, 뭐다냐……. 얼음 마녀 님은 어디 있나다……?"

"아무도(No Man) 아니다잖아다……."

"……모른다아."

거인들의 술렁거림이 커졌다. 여신관은 입술을 꾹 깨물고 한 걸음 앞으로 나섰다.

그리고 한껏 가슴을 펴고, 봉납 연무의 당당한 움직임으로 석장을 찰랑 울렸다.

"얼음 마녀는— 처치했어요……!"

그 의미를 거인들이 이해하기까지 한순간 시간이 걸렸다.

무슨 일이 일어났는가 하면— 대답은 하나.

"우, 우와아아아악?!"

"이제 끝이다아! 그러니까 내가 말했다아. 산 내려가는 건 말도 안 된다고다!"
"이제 와서 말해봤자다!!"
혼란과 도망이다.
거인들은 소중한 북도 죄다 내팽개치고서 뿔뿔이 동굴 바깥을 향해 달리기 시작했다.
그것을 추격할 것인가 아닌가, 모험가들이 한순간 얼굴을 마주보았다.
엘프 궁수는 화살을 메기고 있었고, 드워프 도사도 투석끈을 준비했다.
"아뇨……. 괜찮아요."
여신관의 한 마디가 그것을 막았다.
그녀는 쿵쾅 발소리를 내면서 달려가는 거인 놈들의 등을 보고 안도하며 숨을 내쉬었다.
"괜찮아?"
맨 먼저 그녀 곁으로 달려간 엘프 궁수가 고개를 갸웃거렸다.
엘프의 섬세한 손가락이 배려하듯 여신관의 볼에 닿아서, 그녀는 간지러움에 눈웃음을 지었다.
"저 녀석들, 도망쳐 버렸는데……."
"네."
여신관이 작게 끄덕이고, 수줍게 웃었다.
"고블린이, 아니니까요."
그것을 들은 엘프 궁수가 한껏 얼굴을 찌푸리고, 한숨을 쉬더니 키득 웃었다.

"……그렇네, 고블린이 아니니까."

그 말이 맞았다.

싸움은 끝났고, 얼음 마녀의 위협은 물리쳤으며, 오래 이어진 겨울은 끝난다.

토끼의 마을은 구원 받았다.

뭐라 말하기 어려운 기색으로 텅 빈 방을 바라보던 흰 토끼 엽병에게 높은 곳에서 목소리가 내려왔다.

"승리를 얻었으니, 그 이상을 바랄 것도 없을 걸세."

귀를 늘어뜨리고 올려다보니, 거한의 리자드맨 승려다. 그는 낼름 혀를 내밀고 묵직하게 말했다.

"심장을 먹지야 못했네만……. 엽병 선생에게 이어지는 피의 강함은 분명히 증명이 되었다네."

응. 흰 토끼 엽병이 고개를 끄덕였다. 아버지는 죽었다. 자신은 이겼다. 아버지에게 이어 받은 피는 여기에 있다.

리자드맨의 신앙을 이해하지는 못했지만, 그 의미가 존귀하단 것을 흰 토끼 엽병은 알 수 있었다.

자신에게 이르는 피, 그 모든 것에 가치가 있는 것이다.

"……그러면, 아빠도 굉장했다. 라는 거네요."

"그런 거겠지."

신참 전사가 말하더니 「지쳤다」라며 검과 곤봉을 내던지고 드러누웠다.

"에이, 칠칠치 못하긴."

수습 성녀가 천칭검 끝으로 그를 콕 찔렀지만, 그녀도 비슷한 꼴이었다.

폴싹 주저앉은 옆에, 흰 토끼 엽병이「나도 배고파 죽겠어요!」라며 앉았다.

“말린 야채 있는데 둘 다 먹을래?”

“먹을래!”

“응, 나도……!”

긴장이 빠진 건지 풀린 건지, 수통으로 입을 헹군 다음에 보존식을 먹는 소년소녀들.

본래는 방심하지 않고 경계를 해야겠지만…… 리자드맨 승려는 그것을 눈을 가늘게 뜨면서 보고 고개를 끄덕였다.

“허면, 어찌 전쟁을 이끄셨는가?”

기다란 목을 돌려서 여신관에게 묻자, 수줍게 희미한 상처가 남은 볼을 긁적였다.

“아뇨, 그런 건 아니고. 저는 대단한 일은 못했어요…… 여러분 덕분이죠.”

“하지만!”

당근을 삼킨 수습 성녀가 소리쳤다.

“그《힐》은 굉장했어요!”

“어,《힐》을 썼어?!”

곧장「드문 일이네!」하고 엘프 궁수가 호기심으로 눈빛을 반짝이며 다가섰다.

기다란 귀를 단단히 세우고 몸을 내민 그녀에게 여신관은 대단히 속뜻이 담긴 표정을 지었다.

"그러니까…… 본의 아니게……."

그것이 과연 어떤 의미로 「본의가 아니었는지」에 대해서는 제쳐두고.

리자드맨 승려는 시끌벅적하게 소란을 피우는 그들에게 기괴한 손놀림으로 합장을 보냈다.

일단은 좋다. 그러면 다음 문제다.

"허면, 어떤가? 술사 선생. 그 북이란 것은."

"……으응, 뭐, 그렇구먼. 뭐라고 해야 좋을지……."

홀로 떨어져 사스콰치 놈들이 내던지고 간 북을 살피던 드워프 도사가 어렵다는 표정으로 배를 쓰다듬었다.

"나쁜 것은 아니지만, 다소 피를 많이 먹었구먼."

본래는 제기(祭器) 같은 것이었으리라. 이런 자리에 어울리지 않는 훌륭한 북이다.

그러나 거인 놈들의 보금자리에서 쓰레기— 잡아먹힌 자의 시체에 묻혀 있던 지금에 이르러서는.

마력, 마술 같은 것은 마음의 영향을 받기 쉽다. 하물며 정령에 관련된 것이라면 더더욱이다.

겨울을 칭송하는 그 북이, 누군가에게 사로잡히지 않고서 음색을 연주하려면 원한이 사라진 다음이 되리라.

"토끼들 마을에 맡겨서 정화하는 것이 좋겠구나."

"하기는, 소승의 고향처럼 되지는 못할 걸세."

리자드맨 승려는 진지한 표정으로 드워프 도사 옆에 서서 그 북을 보았다.

전투의 기원, 적과 아군의 용기 있는 죽음을 바라며 두드리는 용장한 음색이 문득 그의 뇌리를 스쳤다.

전투란 것은 그래야 하는 법이다. 리자드맨 승려는 눈을 빙글 돌렸다.

“그러면, 이 북을 마을로 가져가면 일단락, 이 되겠네.”

“그러면 좋겠다마는.”

드워프 도사는 뭔가 개운찮은 기색으로 하얀 수염을 매만졌다.

“마음에 걸리는 것이 있는가?”

“카미키리마루가 없는 탓일지도 모르겠다만.”

드워프 도사가 질문에 대답했다.

“이리 기분 좋게 끝나는 일이 드문 탓인지, 어째 진정되질 않는구나.”

“어쩔 수 없는 일일세.”

리자드맨 승려는 유쾌하게 눈을 돌리고, 드워프 도사도 정말 그렇다며 즐겁게 수염을 매만졌다.

“마을에 돌아가 축배라도 들면 되지 않겠는가?”

“암 그렇구먼.”

두 사람이 지켜보는 가운데, 뭐가 마음에 걸리는지 여신관이 끊임없이 가늘고 하얀 목덜미를 쓰다듬고 있었다.

§

동굴을 나서자 바람의 차가움도 완전히 누그러지고, 눈부신 눈이 반사하는 빛이 파티를 맞이했다.

여신관이 문득 「와」 하며 눈을 반쯤 감자, 흰 토끼 엽병이 키득키득 웃었다.

"직접 보면 눈이 상해 버려요. 빛 가리개 같은 게 있어야죠."

말하면서 털북숭이 손으로 꺼낸 것은 얇고 가늘게 홈을 파낸 나무판이었다.

안경과 비슷한 형태의 그것을 눈에 대고서 끈으로 묶는 모습을 엘프 궁수가 좋겠다아, 하면서 보았다.

빛을 보아서 눈이 따끔거리는지, 그녀는 눈을 깜빡이면서 리자드맨 승려의 거구를 콕 찔렀다.

"눈부신 거야 그렇다 치고, 이 정도까지 추운 게 누그러지면 좀 낫지 않아?"

"방금 전까지 움직이고 있었네. 피도 아직 치솟고 있음이지."

리자드맨 승려는 고개를 끄덕이면서도 거창하게 익살을 부리며 몸을 부르르 떨었다.

"그러나 아무래도, 비늘만 가지고는 춥다네. 이럴 때는 깃털이 있으면 싶은 법일세."

"관둬라, 비늘 친구야. 깃털 달린 너는 상상도 못하겠느니라."

옆에서 드워프 도사가 벌컥 술을 들이켜면서 놀렸다.

그는 그 화주를 리자드맨 승려에게 권하고, 리자드맨이 한 입 마시자 다음은 엘프 궁수에게 내밀었다.

곧장, 엘프 궁수가 기다란 귀를 곤두세우며 하악, 눈을 까뒤집었다.

"좀, 그만둬. 난 필요 없다니까!"

"정말이지 여전히 혀가 어린애구먼. 자, 젊은 친구들. 마시겠는고?"

신참 전사와 수습 성녀를 부르자, 녹초가 된 상태에서 갸웃거리며 얼굴을 마주보았다.

아까 전까지 쥐를 상대로 힘껏 싸운 것이다. 지저분한 얼굴에 피로의 색이 짙었다.

"그러면……."

"……한 입, 받을게요."

둘은 조심조심 술을 받아서, 핥는 것처럼 마시고 매콤함에 히익 혀를 내밀었다.

그렇지만 금방 몸이 확 데워졌는지, 소년소녀들의 얼굴이 희미한 붉은 색으로 물들기 시작했다.

효과는 빼어났다.

"고맙습니다."

술병을 돌려받은 드워프 도사는 엘프 궁수를 보며 심술궂게 웃었다.

"……뭔데?"

"아니다. 섬세한 길쭉귀 처녀에게는 **다소** 일렀던가 싶구나."

"싸움 거는 거면 받는다, 이 술통!!"

기다란 귀를 곤두세우고 덤벼드는 엘프 궁수와, 그것을 싱글싱글 웃으면서 받아 흘리는 드워프 도사.

시끌벅적. 평소와 같은 동료들의 대화에, 이제 익숙해진 여신관은 키득키득 웃었다.

다음은 북을 옮겨서 하산하기만 하면 된다. 그들의 모험은 끝났다.

눈 내린 산을 오르고, 사스콰치들과 싸우고, 얼음 마녀의 동굴에 숨어 들어가서, 은 화살을 손에 넣고, 멸한다.

지고신이 수습 성녀에게 내린 신탁은 이걸로 완수했으리라.

모험은 성공. 만만세다. 다음은 집에 돌아가기만 하면 된다. 갔다가 돌아오는 것이 모험이니.

그런데…….

─……목덜미가 찌릿거리는 것은, 어째서일까?

여신관은 목덜미를 살며시 손으로 더듬으면서 눈을 사박사박 밟으며 걸었다.

마을로 내려가서 보고를 해야 하고, 한 번은 놓아줬지만 사스콰치들도 있다.

작은 가슴 속에는 기묘한 초조함이 있었고, 오래 머물고 싶다는 생각은 도저히 안 들었다.

"여러분, 이제 가요."

그 말에 모험가들이 수긍하고 파티는 돌아가기 시작했다.

특필할 일은 없었다.

겨울의 기척이 지나간 탓인지, 겨울의 생물이 뛰쳐나올 낌새도 없었다.

엘프 궁수와 흰 토끼 엽병이 귀를 흔들면서 주위를 신경 쓰고 있지만 경계할 필요도 없는 모양이다.

피로와, 싸움이 끝난 다음이란 이유로 어쩐지 이완된 공기가 떠돌기 시작했다.

털레털레─까지는 아니지만, 발걸음도 가볍지는 못하다.

그러나 여신관 일행은 수다를 떨고 경치를 즐기며 하얀 눈과 파란 하늘에 눈길을 빼앗겼다.

단애처럼 깎아지르는 바위벽 위에서 보이는 계곡에는 하얀 눈이 마치 호수처럼 쌓여 있었다.

뛰어들어보고 싶다…….

물론 그런 일은 불가능하지만, 그렇게 생각할 정도로 압도적인 세계다.

역시 산은 사람의 영역이 아닌 것이다.

아마도 그 얼음 마녀 같은 자들이 있을 곳도 아니다.

여기는 날뛰는 신들이 거하는 곳이다. 그렇기에, 지고신은 수습 성녀에게 말을 걸었음이 틀림없다.

만연한 사악을 쳐부수기 위해서.

"……나는, 해낼 걸까?"

문득 천칭검을 든 그녀의 작은 속삭임이 여신관의 귀에 닿았다.

여신관은 뭔가 말하고자 돌아보고 입을 열었지만, 금방 닫았다.

신참 전사가 뭐라고 수습 성녀에게 속삭이자 그녀가 미소를 짓는 것이 보였으니까.

그러면, 그거면 되는 것이다.

자신이 할 말이 아니다. 여신관은 앞으로 돌아서, 석장을 짚으며 가벼운 발걸음으로 나아갔다.

하산이란 것이 등산에 비해 편한가 하면, 딱히 그리 다를 것도 없었다.

물론 마음은 편하다. 이제 내려가기만 하면 된다. 그러나 몸의 부담은 같다.

파티는 중간마다 쉬면서, 느긋하게 토끼 수인들의 마을을 향했다.

“——.”

그 행군이 멈춘 것은, 얼음 마녀의 동굴을 벗어나 얼마나 지났을 때였을까?

“무슨 일 있는가?”

문득 발길을 세운 여신관을 배려하며 리자드맨 승려가 기다란 목을 돌렸다.

그녀는 그러나 「아뇨」 하고 중얼거리기만 하며 시선을 한 점에서 돌리지 않았다.

“왜? 무슨 일이야?”

훌쩍 옆에서 들여다본 엘프 궁수가 목덜미를 누른 그녀 옆에서 같은 방향을 보며 눈에 힘을 주었다.

급경사 앞, 산자락에는 상당히 전에 사람이 사라진 촌락이 웅크린 것처럼 남아 있었다.

“응?”

엘프 궁수는 고개를 갸웃거렸지만, 다음 순간에 「앗」 하며 그녀가 눈을 홉떴다.

연기다.

마을에서, 연기가 오르고 있었다.

“……전쟁인고?”

“그럴 걸세.”

의문을 품은 드워프 도사에게 리자드맨 승려가 망설임 없이 고개를 위아래로 흔들었다.

“혈육의 냄새, 투쟁의 향취. 이거야, 문제는 어떤 자인가 하는 것이네만.”

“그래도 폐촌이잖아? 그런 곳에 불을 붙여봤자…….”

도적이라도 있었던 것일까? 상관없다고 딱히 무시해도 아무도 탓하지 않으리라.

그러나, 여신관은 강한 오한을 느끼고 부르르 몸을 떨었다.

목덜미를 정체 모를 것이 핥는 것처럼, 등줄기부터 얼어붙는 역겨움.

“――고블린……?”

그것은 마치 신탁(핸드아웃) 같은 직감(인스피레이션)이었다.

신참 전사와 수습 성녀가 얼굴을 마주보았다. 흰 토끼 엽병은 고개를 갸우뚱 기울였다.

그러나 다른 자들은 달랐다.

“……아아, 정마알. 그럴 것 같았다니까.”

엘프 궁수는 얼굴을 뒤덮으며 하늘을 우러러 보았다. 그 남자와 행동을 함께한 이래, 온통 그거다!

하늘의 손길은 심술궂다. 드워프 도사는 엘프 궁수가 히양, 외치는 것도 개의치 않고 엉덩이를 두드렸다.

“불평할 때더냐? 생각해야 할 것은 어찌할 것인가가 아니더냐? 응?”

“아, 알고 있다니까!”

입술을 비죽거리며 불평하는 엘프 궁수를 달래면서 리자드맨 승려가 묵직하게 말했다.

“그렇지만, 갈 것인지 돌아갈 것인지, 선택지는 둘이 아니겠는가.”

그는 고개를 돌려서 여신관을 보더니 진심으로 유쾌하다는 기색으로 눈을 돌렸다.

"어찌할 텐가?"

"가요."

여신관이 망설이지 않고 말했다.

그리고 입술을 꾹 깨물더니, 가만히 마을의 상황을 노려보면서 날카롭게 입을 열었다.

"어떻게, 보세요?"

"어디."

리자드맨 승려는 용맹하게 송곳니를 드러내며 웃었다. 몇 번이고 그 남자가 물었던 물음이었다.

—아직은 알 껍질이 꼬리 끝에 붙어 있네만.

"적이 고블린이라면, 북을 가지고 갈 필요는 없을 걸세. 그리고 행군 시간일세."

"……그렇네요."

그렇다. 문제는 둘. 북. 마을에도 위험을 알려야 한다. 그리고 행군 시간.

그 사람이라면 어떻게 했을까?

여신관은 생각했다. 언제든지 방법은 있다. 어떤 때든.

그 사람은 그렇게 말했다. 그러면 지금 이 때도 있을 것이다. 그렇지 않으면 안 된다.

"……술법은 아직 남아 있죠."

"오냐."

드워프 도사가 배를 북처럼 두드리고 자랑하듯 말했다.

"앞으로 몇 번이니라."

"그러면……."

어떡하지? 짐, 장비, 주문, 상황, 그것을 생각해서…….

"이, 있지, 우리는 어떡하면 돼……?"

신참 전사가 머뭇거리는 기색으로 말하며 여신관의 생각에 끼어들었다.

피로를 감추지 못하는 기색이지만, 일어선 그는 똑바로 그녀를 보고 있었다.

활활 타오르는 눈동자는 나는 아직 할 수 있다고 주장하고 있었다.

"마을로 서둘러주세요."

그래서 여신관은 딱 잘라 말했다. 고블린은 자신들이 상대한다고.

신참 전사는 그것을 자신들에 대한 배려로 받아들였는지 힘껏 가슴을 폈다.

"아, 아직 할 수 있어. ……그래, 완전 여유야!"

"아직 할 수 있어는, 『이제 위험하다』예요."

그러나, 여신관은 그런 허세에 넘어가지 않았다.

언제나, 언제든지, 그가 반복해서 말하지 않았는가?

"무리나 무모한 짓을 해서 이길 수 있다면 모를까. 그걸로 이길 수 있다면 고생 안 해요."

긴장한다. 머릿속이 빙글빙글 돌고 있었다. 목소리가 갈라진다. 심호흡을 해서 차가운 공기를 들이쉬었다.

"그리고, 전에 훈련소 건도 있어요. 토끼 수인 마을이 공격을 받으면 큰일이니까요……."

"……전하러 가야 한다, 는 거네요."
자기 마을하고 상관없는 것이 아니란 것을 이해했으리라. 흰 토끼 엽병은 긴장한 기색으로 고개를 끄덕였다.
"맡겨만 주세요. 북도 제대로 옮기고, 마을에도 확실하게 전할 테니까."
"부탁해요."
여신관이 꾸벅 고개를 숙이자, 수습 성녀가 「정해졌네」 하고 후우 숨을 흘렸다.
"자, 얼른 하산하자. 이렇게 되면 시간이 아까워."
"그래도—."
신참 전사가 한심스런 소리를 냈다.
"목장 때도, 훈련소 때도, 결국 나는 한가운데에서 못 싸웠잖아."
"하하하하하하. 분하다면 더 오래 걸을 수 있게 되어야 할 걸세."
리자드맨 승려가 다 안다는 표정을 지으며 말하고, 신참 전사의 등을 힘차게 철썩 두드렸다.
아파! 비명을 질렀다.
"오래 걸을 수 있는 병사일수록 강한 법이라네. 안 그런가? 술사 선생."
"오냐. 드워프의 병사라면 아침부터 밤까지 싸우고도 지치지 않느니라."
"배가 고프지 않으면 그렇겠지."
엘프 궁수가 게슴츠레한 눈으로 말하자 「그렇고말고」라고 드워프 도사가 자신 만만하게 가슴을 폈다.

술과 식사만 있으면 며칠이든 싸울 수 있다. 그것이 드워프의 긍지 중 하나다.

그것을 알고 있는지, 엘프 궁수는 그 이상 말하지 않고 시원스럽게 생긋 웃었다.

"그런 거니까, 역할 분담. 이쪽은 우리들한테 맡겨."

어차피 흑막도 있을 거야. 신참 전사는 그 말을 듣고서, 마지못한 기색으로 수긍했다.

이걸로 끝이 아닌 것이다. 여기서 모두 쓰러지면 어떻게 할 수가 없다.

"알았어. ……알았어. 돌아가서, 전달하고, 기다리고, 그리고 모두 함께 돌아간다."

"그래, 착하네."

엘프 궁수가 키득 웃음을 흘리며 우아한 태도로 한쪽 눈을 감았다.

심장이 뛰면서 얼굴을 붉힌 소년의 옆구리를 수습 성녀가 힘차게 팔꿈치로 때렸다.

"그악."

비명을 지르는 걸 무시하고, 수습 성녀가 꾸벅 머리를 숙였다.

"그럼, 나중에 또……!"

여신관도 그 말에 숨겨진 마음을 깨닫지 못할 리 없었다.

그녀는 고개를 끄덕이고, 움켜쥔 석장을 조용히 흔들며 응답했다.

"네. 나중에 또."

나이 어린 세 젊은이들이 각자의 얼굴을 보고 고개를 끄덕이더니, 마법의 북을 안고 걷기 시작했다.

그 발걸음은 확고하다. 하산하는 길을 걱정할 필요는 없을 것 같았다.

“그러면, 문제는 앞으로 하나……네요.”

여신관이 조용히 중얼거리고, 물러가는 소년들의 등에서 시선을 돌렸다.

마을에서 피어오르는 연기는 더욱 수와 기세가 늘고 있었다. 화재일까? 화공일까?

범상치 않은 사태인 것은 틀림없었다.

그리고 만약, 저기에 **그 사람**이 있다면…….

“…….”

여신관은 주먹을 꾹 움켜쥐고 작은 가슴에 대었다.

“하지만 어떡할 거야?”

엘프 궁수가 활의 현을 고쳐 걸면서 말했다.

“저기, 멀잖아.”

“영차영차 하산을 했다간, 늦겠구먼.”

드워프가 사려 깊게 표정을 찌푸리면서 술병을 들이켜고 말했다.

“도착했을 무렵에는 다 끝나버릴 게다.”

“무슨 수가 있으신가? 신관 선생.”

리자드맨 승려의 말은 정말로 즐거운 듯 들떠있었다.

여신관은 쓴웃음을 지으며 고개를 옆으로 젓고, 숨을 들이쉬고, 내뱉었다.

괜찮아. 괜찮을 거야. 그 사람이라면 분명 이렇게 한다. 그러니까, 틀리지 않았다.

주문, 장비, 상황, 전부 생각했다. 이것 말고는 없을— 것이다.
아니, 있다고 해도, 지금 생각할 수 있는 최선의 방법은 이거다.
그리고 나중에 더 좋은 방법이 떠올라도 의미가 없다.
그래서 그녀는 힘차게, 확실하게 말했다.
“—방법은, 있어요.”

제8장

『소귀 살해자, 재앙 속으로』

Goblin Slayer

He does not let anyone roll the dice.

그 고블린은 딱히 무슨 이유가 있어서 우물에 다가간 것이 아니었다.

분명히 목은 말랐다. 그렇지만 가장 큰 이유는 그 잘난 듯 소리쳐대는 오우거가 싫증났기 때문이다.

좀 강하다고 턱짓으로 지시를 해대니 견딜 수가 없다.

결국 일은 이쪽에 다 떠넘기지 않는가? 즐거운 일도 없다. 귀찮은 일뿐이다.

다른 녀석들이 바보처럼 순순히 일하고 있으니까 나는 조금 쉬어도 괜찮다.

뒤쪽에서 좀 쉬고, 불평을 내뱉는 것 정도는 다들 하는 일이다.

그렇게 나쁜 일도 아니리라…….

그래서 그는 잡아당긴 우물의 밧줄이 이상하게 무거워도, 신들을 저주하면서도 원인을 생각하지 않았다.

"?!"

불쑥 우물에서 뻗은 팔이 목에 감기고, 으직 둔탁한 소리가 나면서 의식이 어둠 속에 떨어져도.

그는 죽을 때까지 자기 탓이라고 생각지 않았으리라.

고블린의 시체는 그대로 우물로 끌려들어가서 조용한 물소리와 함께 수중으로 가라앉았다.

바로 옆으로 떨어진 주검에 소치기 소녀가 「힉」 소리를 흘렸지만, 그는 주위를 관찰하는데 전념했다.

그— 고블린 슬레이어는.

“됐다. 올라와라.”

우물에서 기어 나온 그는 물방울을 떨어뜨리며 조용해진 주위를 확인했다.

낮은 목소리로 불린 소치기 소녀는 작게 고개를 끄덕이고 조심조심 밧줄을 집어 벽을 오르기 시작했다.

쐐기가 있다지만 우물의 내벽은 미끄러지기 쉽고, 또 공포와 긴장으로 몸이 굳어서 어쩔 수가 없었다.

앞으로 조금이면 움직일 수 없을 그녀의 손을 가죽 장갑이 붙잡아서 억지로 쑥 끌어올렸다.

“고………… 고마워.”

“그래.”

그는 그 이상 말하지 않고, 몸을 낮추고 재빨리 걷기 시작했다.

말은 없었지만, 몸짓으로 따라오라고 지시하는 걸 알고 소치기 소녀도 그를 따랐다.

본래 떨어질 생각 따위는 하지도 않았으리라. 그녀는 순종했다.

그다지 멀지 않지만, 그렇다고 가깝지도 않은 마을 속에서는 위세를 부리는 노호가 울리고 있었다.

그 괴물이 고블린 놈들을 이끌고 외쳐대는 것은 명백했다. 시간은 그다지 없었다.

소치기 소녀는 그가 소리에서 떨어지는 방향으로 나아가기에, 도망치는 것을 아주 약간 기대했다.

물론 그것은 배신당할 것을 알고 있는 기대였다.

그는 고블린을 살려서 보낼 생각이 없다. 아까 분명히 그렇게 말하지 않았는가?

"…………연못……?"

"그래."

이윽고 전에도 찾아왔던 그 얼어붙은 연못에 도착했다.

그는 그 자리에 쪼그려 앉아서 자신의 나이프를 뽑아 역수로 쥐더니, 호면에 콱 내리쳤다.

소치기 소녀는 어떡하면 좋을지 모른 채 그의 옆에 엉덩이를 붙이고 앉았다.

젖은 몸이 — 반지 덕분에 식지는 않았을 텐데 — 부르르 떨렸다.

—그렇지. 몸, 닦아야지.

아까 그가 했던 말이 뇌리에 되살아났다. 동상에 걸린다.

그렇다고 이 자리에서 옷을 벗는 것에는 수치심이 있다. 그녀는 옷자락 따위를 할 수 있는 만큼 짜냈다.

물이 떨어진다. 옷이 피부에 달라붙어 기분 나쁘고, 젖은 머리칼이 지독하게 무겁다.

"……괜찮아?"

"뭐가 말이지?"

"몸, 안 닦아도."

아아. 그는 뭔가 생각하는 것처럼 대답하더니 천천히 고개를 옆으로 저었다.

"금방 따뜻해진다. 나는 괜찮다."

말하고서, 그는 짧게 덧붙였다.

"금방이다."

"그래……?"

그의 말은 의도를 잘 모르는 게 많았다.

소치기 소녀는 무릎을 끌어안고 몸을 말더니, 추위를 떨치는 것처럼 잘게 몸을 흔들었다.

아니, 추위……라기보다는 그것은 공포에 대한 행동이었을지도 모른다.

젖은 의복을 통해서 아주 약간 전해지는 자신의 몸의 따뜻함.

그렇지만 그것은 의지해서 안심하기에는 너무나도 가녀리고 미덥지 못했다.

"있지……."

그래서 결국, 그녀는 조심스럽게 그의 등에 말을 걸었다. 그것밖에 없었다.

"뭔가."

그는 돌아보지 않고 손을 계속 움직이면서 낮은 목소리로 응답했다.

소치기 소녀는 물어봐도 될 지 아닌지 공중에서 말을 찾아, 이윽고 무릎에 이마를 묻는 것처럼 숙이고 물었다.

"그 괴물…… 네가 형을, 죽였다고 했지……."

"그래."

"정말이야?"

소치기 소녀는 침을 삼키고 작은 목소리로 물었다. 그의 대답은 단적이었다.

“기억 안 난다.”

“그러면, 엉뚱한 원한……일까? 착각……?”

“놈들도 누구를 죽였는지 따위 기억 못할 테지.”

소치기 소녀의 물음은 역시 미약한 기대를 품은 것이었다.

그는 그것을 내치는 것처럼 부정했다.

“알 바 아니다.”

그렇구나. 소치기 소녀는 짧게 중얼거렸다. 그렇단 말이지.

이윽고 그는 깎아낸 얼음을 더욱이 나이프로 형태를 다듬어서, 그것을 소치기 소녀 쪽으로 던졌다.

“히약.”

그 차가움에 무심코 소리를 낸 소치기 소녀에게, 그는 비교적 젖지 않은 천을 던져 건넸다.

“연마해다오.”

“이, 이걸?”

“몇 갠가 더 만든다.”

“으, 응. 알았어…….”

그 다음은? 말을 꾹 삼키고, 소치기 소녀는 그 말에 따라 작업에 매달렸다.

그도 다시 묵묵히 얼음을 깎아내는 작업을 계속했다.

그러나, 어느 정도 지났을까?

소치기 소녀가 몇 개째의 얼음을 놓았을 때 그가 문득 고개를 들었다.

“눈과 바람이 멎었군.”

“그러고 보니…….”

소치기 소녀는 눈을 깜빡이고 하늘을 올려다보았다.

하늘을 뒤덮은 하얀 구름 너머로, 역시 하얀 태양이 비쳐 보였다.

“신들의 주사위 눈에 기대는 안 하지만…….”

호기다. 그는 짧게 중얼거리고, 소치기 소녀가 연마한 몇 개의 얼음을 안고서 일어섰다.

“나는 간다.”

그가 짧게 말했다.

“너는 마을을 떠나라.”

“어…….”

소치기 소녀는 눈을 깜빡였다. 들러붙은 서리가 후두둑 메마른 소리를 냈다.

“소동이 일어난다. 저쪽의 주의가 이쪽으로 모인다. 다른 둥지라면 도망치는 개체도 있을 테지만…….”

미끄러지는 얼음을 다시 안고서 마을의 지형을 중얼중얼 속삭인 다음, 그는 역시 담담하게 말을 이었다.

“고맙게도, 저 뭐라는 괴물이 그걸 용납하지 않을 테지. 너는 탈출할 수 있을 거다.”

예상은 할 수 있는 말이었다.

지금까지는 도망치기 위해서 달려 다녔다. 그는 이제부터 죽이기 위해 가는 것이다.

평소처럼.

"……응."

그래서 소치기 소녀는 반항하지 않고 수긍했다. 평소와 마찬가지로.

"그러면, 돌아가서…… 따뜻한 밥, 만들 수 있게 해둬야겠네."

"그래."

짧게 응답하고, 그는 천천히 눈길을 걷기 시작했다. 신기하게도 발소리는 안 들렸다.

소치기 소녀는 서서히 멀어지는 등을 가만히 바라보았다. 입을 열고서, 닫았다.

뭘 말하면 좋을까? 부담이 되지 않는 말. 힘내? 언제나 그랬다.

듣고 싶은 말. 말해줬으면 하는 말. 소치기 소녀는 주저한 다음, 바람에 뒤섞이는 목소리로 물었다.

"돌아올 거지?"

그는 멈추지 않았다. 묵묵히 계속 걸었다.

분명 들리지 않았으리라. 그러면, 이제, 어쩔 수 없다.

소치기 소녀는 슬쩍 눈가를 비비고, 고개를 끄덕이고, 천천히 돌아섰다.

서둘러 탈출해서— 어디든 마을에 도착해서 사태를 전달하고 도움을 청해야 한다.

그렇게 살며시 뛰기 시작한 등에 날아오는 것이 있었다.

"질 생각은 없다."

짧고, 낮은 목소리. 담담한, 그의 말.

그렇다. 그는 언제나 그렇다.

—정말이지. 이쪽 마음도 모르고.

그녀는 살며시 숨을 내쉬고, 풀어진 입가를 꾹 다물고서 눈 속을 달리기 시작했다.

§

마을의 광장에 진을 치고서, 주위의 포로와 수하를 거느리고서도 오우거는 불만밖에 없었다.

"GOROGB!"

"GGOBOGGGR!!"

고블린 놈들이 끼악끼악 귀에 거슬리는 소리로 웃으면서 포로를 제멋대로 괴롭히고 있었다.

눈을 부라리지 않으면 지나쳐서 죽여 버리니, 고블린 놈들은 정도란 걸 모른다.

지금도 그렇다. 빙글빙글 웃으면서 날붙이를 드는 것을 노려보아 닥치게 만들었다.

—정말이지, 고블린 놈들은 잡졸 이상의 도움이 안 되는군.

이쪽의 지시를 충실하게 지킬 생각도 없는 주제에, 분노를 드러내면 곧장 아양을 떤다.

그리고 마음속으로는 혀를 내밀며 웃을 것이다. 그것이 고블린이다.

—그나마 코볼트(개머리 수인) 놈들이 순순한 만큼 좋군.

내심 수인의 한 부족을 매도하면서, 오우거는 분연한 표정으로 수하를 보았다.

물론 그 광산에 사는 놈들은 지상에서 일하기에는 다소 적합하지가 않다만…….

다시 말해서 오우거는 이 고블린 놈들을 부리는 수밖에 없고, 그것이 또 실로 신경을 거스르고 있었다.

"늦다……! 선언한 시각은 이제 금방이다……!"

우러러본 곳, 구름이 낀 하늘에는 역겨운 태양이 황황하게 빛나며 눈을 태웠다.

저 산에서 꾸물대는 우둔한 거인과 얼음 마녀는 뭘 하고 있는 건지, 눈보라가 멎어 있었다.

그 사실이 또 오우거에게는 짜증스러워서, 그는 체중으로 의자를 삐걱거리게 만들었다.

이놈이고 저놈이고— 저놈이고 이놈이고……!

"GOBGR! GOOBOGR!"

"시끄럽다!"

환심을 사려는 것이리라. 꾸벅꾸벅 고개를 숙이면서 다가온 고블린을 오우거가 걷어차서 날려버렸다.

그리고 그 고블린이 가져온 항아리가 발치에 굴러다니자 그것을 주웠다.

점토로 뚜껑을 막아둔 술 항아리다. 흔들어보니 물 소리가 난다. 안에 술이 들었다.

오우거는 점토를 뜯어내고 단숨에 술 항아리를 들이켰다.

"아직도 안 오는 거냐. 모험가는……!"

"GOBBG."

“놈, 겁을 먹었는가…….”

고블린 놈들이 뒤틀린 복종과 경멸의 눈으로 보는 것을 무시하고, 오우거는 빈 항아리를 던졌다.

이렇게 되면 하는 수 없다. 그 모험가는 비겁하고 겁쟁이인 약자였다는 것뿐이다.

일을 마치고, 도시로 쳐들어가서 발견하자마자 상상을 넘어서는 굴욕 속에서 죽이면 되리라.

제 식구를 눈앞에서 모두 죽이고, 범하고, 먹어 치운 다음, 죽여 달라고 애원할 때까지 고통을 주며 죽인다.

온몸의 뼈를 하나씩 부러뜨리는 것도 좋다.

살려달라는 가련한 목소리가, 얼른 죽여 달라는 우는 소리로 바뀌는 것이다.

오우거는 술이 묻은 입술을 낼름 핥더니 전투 망치를 쥐어 쑥 일어섰다.

“아무래도, 너희들은 버림받은 모양이구나.”

그 목소리에, 책형을 당한 여자들의 반응은 둔했다.

아. 혹은 우, 하는 가녀린 목소리가 입에서 흘러나올 뿐. 추위에 몸이 미약하게 떨리고만 있었다.

그러나, 오우거는 깨달았다.

여자들의 어둡고 응어리진 탁한 눈동자가 희미하게 흔들렸다.

어차피 사람은 그런 것이다. 죽고 싶다고 생각하여 모든 것을 포기해도 그러지 못한다.

오우거는 코웃음을 치고 전투 망치를 양손으로 쥐었다.

"어느 쪽부터 죽고 싶은지, 그 정도는 들어줄 수도 있다만?"

물론 편히 죽여줄 생각 따위 터럭만큼도 없다. 여자들이 시선만 나누었다.

얼른 죽고 싶다. 그러나 죽고 싶지 않다. 다른 사람부터 먼저. 그러나 그런 말을 하고 싶지 않다.

"뭐냐? 못 정하는 거냐?"

그 가여운 모습에 코웃음을 치고, 오우거는 턱짓하여 고블린 놈들을 재촉했다.

"GBOORG!"

"GBG! GOORGB!"

아까 전까지 품었던 불만은 어딜 갔는지, 추악한 고블린 놈들이 저열한 표정으로 여자들에게 몰려들었다.

발치에 들러붙은 그 기척에 굳어진 비명과 「싫어어」 하는 소리가 흘렀다.

"얼른 정하지 않으면 그 놈들에게 맡길 것이다. 그 모험가도, 네 놈들의 주검을 보면 참으로 분한―."

촥. 짧게 눈을 차는 발소리가 들렸다.

"…………?!"

고블린 놈들은 움직임을 멈추지 않는다. 그러나 오우거는 보았다. 여자들도 멍하니 고개를 들었다.

검은 그림자다.

부서지고 무너진 집들이 늘어선 마을의 폐허에서 이쪽으로 다가온다.

거침없이, 유유히 걸어오는 것은 볼품없는 차림의 모험가였다.

지저분한 가죽 갑옷, 싸구려 철 투구. 허리에는 어중간한 검을 찼고, 팔에는 자그마한 원형 방패.

―저런 놈에게 형제가 살해당했단 말인가? 그리고, 다른 계집 하나가 있었다고 들었는데…….

뭐 좋다. 어차피 고블린의 보고다. 믿을 수가 없다.

오우거는 만족스럽게 말하고, 당장이라도 달려들고자 으르렁대는 고블린 놈들을 손바닥으로 막았다.

"용케 혼자서 왔구나. 조금 시간에 늦었다만…… 용서해주마."

남자는 아무 말도 없었다. 멍하니 서 있기만 하고 철 투구도 움직이지 않았다.

겁을 먹은 건가? 오우거는 콧방귀를 뀌었다. 뭐 좋다. 그렇다면 그거면 된다.

"나는 네놈하고는 다르다. 인질을 방패삼으면 네놈을 죽이는 것은 쉽다. 그러나, 의미가 없지."

오우거는 전투 망치를 천천히 들어 올려서 그 모험가에게 당당한 동작으로 겨누었다.

"네놈에게 저항할 기회를 주마. 내 형님의 원수로서, 화려하게 죽도록 해라."

"뭘 착각하고 있는지 모르겠다만."

그 남자는 조용히 말했다.

"죽는 건 네놈들이고, 죽이는(슬레이어) 건 나다."

"잘도 짖었구나, 모험가!!"

오우거의 호령 아래, 고블린 놈들이 기성을 지르며 달려들었다.
고블린 슬레이어는 검을 뽑아 재앙 속으로 뛰어들었다.
싸움이, 시작됐다.

§

"하, 아압!!"
"GOROGB?!"
고블린 슬레이어의 검섬이 고블린의 콧잔등을 베고서 빠져나갔다.
검붉은 피를 뿜어내며 안면을 누른 채 버둥거리는 고블린을 걷어차서 쓰러뜨리고, 앞으로.
"GOROOOGB!"
"흥…… 큭!"
이어서 뛰어들어온 상대를, 고블린 슬레이어는 왼손의 방패로 후려쳤다.
"GORGGB?! GOOORGB?!"
날카로운 테두리로 두 눈을 때려서 뭉개자, 고블린이 비명을 지르며 뒤집어져서 눈바닥을 굴렀다.
첫 한 마리도, 두 마리째도, 살아는 있어도 제대로 살아갈 수는 없으리라.
고블린의 삶에 제대로라는 말은 전혀 걸맞지 않지만…….
"…………."
고블린 슬레이어는 피가 떨어지는 양손의 무구를 겨누고, 그 자리에서 주위를 빙글 둘러보았다.

"GOROO……!"

"GBGR…… GBBG!"

고블린들이 목 안쪽에서 쥐어짜내는 것처럼 소리를 흘리고, 한 걸음 두 걸음 뒤로 물러섰다.

—있을 수 없는 일이었다.

적은 한 사람. 이쪽은 다수. 덤으로 뒤에는 소리쳐대면서 으스대는 거물이 있다.

그렇다면 겁을 먹든 자포자기를 해서 돌진하든, 그러는 것이 모험가다.

그렇지 않은 모험가는 없다. —왜냐면 모험가는 바보니까.

고블린에게 자신들 말고는 모조리 멍청이고 바보다. 그렇지 않은 놈은 없다.

그래서 짜증난다. 그래서 겁을 먹는다. 얼빠지고 바보가 아닌 것은 자신 말고는 없을 텐데.

그곳에는 고블린 슬레이어를 중심으로 텅 빈 기묘한 고리가 생기고 있었다.

고블린 놈들의 가슴에 있던, 자기만은 이렇게 되지 않으리라는 근거 없는 자신감.

멋대로 한 착각이, 자기만은 이렇게 되고 싶지 않다는 공포로 미약하게 교체된다.

용감하고 두려움을 모르는 고블린 따위 이 세상 어디에도 없으리라.

그들은 일방적으로 자기만 이득을 보고, 승리를 뽐내고, 상대를 비웃을 거라고 생각한다.

그렇지 않다면 어찌 사람을 공격할 수 있을까? 사람에게서 빼앗으려고 할까?

“GOORGBB?!”

고블린 슬레이어는 등 뒤에서 기습하는 것을 돌아보지도 않고, 역수로 잡은 검을 배에 찔러 넣었다.

배가 엉망이 된 고블린이 내장을 흘리면서 무너지고 고통에 울부짖었다.

그리고 고블린 슬레이어가 한 걸음 앞으로 움직이자, 고블린 놈들도 한 걸음 뒤로 물러났다.

눈은 그쳤다. 바람도 멎었다.

폐허가 된 마을을 뒤덮은 백색은 지저분한 피에 물들고, 다시 뒤덮이는 일은 없다.

“GOBR…….”

“GBBBRG…….”

고블린 놈들은 겁에 질려 얼굴을 마주보았다.

들은 것과 다르다. 일제히 덤벼들까? 그러나 누가 먼저 가지?

영악하고 교활하다. 서로를 견제한다. 가장 이득을 보는 것은 두 번째나 세 번째, 그 누구도 첫 번째가 되고 싶지 않다.

그러나…….

“뭘 겁을 먹고 있느냐, 고블린 놈들……!”

그렇게 고리 바깥쪽에서 물러서고 있던 한 마리가, 거대한 전투 망치에 맞아서 비명도 지르지 못하고 뭉개졌다.

물론 말할 것도 없이 오우거였다.

짜증을 내면서 망치를 휘두르고, 달라붙은 피와 고깃조각을 떨쳐낸 괴물은 사납게 송곳니를 드러냈다.

"간단한 일에도 도움이 안 된다면, 내 준비운동으로 내장을 드러내도록 해라!!"

원수를 눈앞에 둔 흥분, 전투로 끓어오른 피. 오우거는 눈을 활활 빛내며 고블린 놈들을 위압했다.

"GGOORG!!"

"GOR! GGOOBOG!"

앞뒤로 **적**에게 끼인 채, 고블린 놈들은 견디지 못하고 짖었다.

이제 일제히 덤벼들지 않으면, 기다리는 건 죽음이다. 죽는 건 싫다. 누구든지 그렇다.

그것도 모두 전부 다, 저 모험가 탓이 틀림없다…….

그렇게 생겨난 한순간의 틈을 그는 놓치지 않았다.

"바보 놈."

고블린 슬레이어는 짧게 내뱉고서, 방패로 부딪히듯 고리 안쪽으로 파고들었다.

체격과 장비가 만들어낸 중량 차이는 고블린 한 마리 두 마리가 어찌할 수 없는 충격으로 이어진다.

"GOOBG?!"

받아내지 못하고 넘어진 고블린을 짓밟아 뼈를 두셋 부러뜨리면서 더욱 앞으로.

"GRGG?! BGO?!"

"GOOROGOGO!"

고블린 놈들도 이것에는 견디지 못하고 반쯤 아군을 방패삼는 형태로 모험가에게 덤벼들었다.

어차피 놈의 공격이 맞는 건 다른 녀석이다. 그 틈에 죽이면 된다—!

"하나……!"

"GOOBG?!"

맞는 말이었다.

고블린 슬레이어의 검이 불행하게도 처음이 된 고블린의 목을 꿰뚫었다.

부글부글 자신의 피거품에 빠져서 숨이 끊어지는 동포를 비웃으면서, 두 번째, 세 번째 고블린이 뛰어들었다.

"GOR?!"

"GBBGR?!"

그러나…….

들어 올린 곤봉이 등 뒤의 아군에게 부딪치고, 분노에 찬 고블린이 그 녀석을 걷어찼다.

휘두르는 널찍한 칼은 근처에 있던 동료의 어깨를 파헤치고, 고통에 소리쳐대면서 그 고블린이 덤벼든다.

"흥!"

"GOOBOGR?!"

그 사이에도 고블린 슬레이어는 고리 바깥쪽을 향해서 파고든다.

시체에 박힌 채 검을 휘두르고, 놓으며 고블린 두세 마리를 한꺼번에 날려버린다.

그리고 파고들어서 빈손으로 오른쪽 고블린의 안면을 구타.

비명을 지르며 뒤집어지는 상대의 허리띠에서 검을 빼앗고, 안쪽 한 마리에게 투척.

"GRGB?!"

"둘!"

목에 검이 박힌 채 무너지는 고블린. 그것을 발판 삼아서, 고블린 슬레이어는 하염없이 달린다.

짓밟고, 도약. 높이는 낮게. 체공 시간은 짧게. 공중에서 움직이지 못하는 시간은 빈틈이다.

"GOOG?!"

"이걸로 셋!"

착지와 동시에 고블린을 밟아 뭉개 척추를 부러뜨린다. 그러나 끝이 아니다.

즉시 밀려드는 고블린 놈들. 서로의 무구를 부딪치고, 매도하고, 다투면서.

고블린 슬레이어는 착지한 낮은 자세 그대로, 재빨리 발후리기를 했다.

"GOBGR?!"

가까운 한 마리가 가엾게도 발이 걸려 넘어졌다— 그 등 뒤에는 물론 아군이 있다.

그러면, 어떻게 될까?

"GR! GOROOGB?!"

"GOBB?!"

당연히 짓밟힌다. 밟은 쪽도 자세가 무너져서 넘어진다. 그 다음에는?

"GOROG?!"

"GOOBGGG?!"

넘어지고, 밟히고, 꿈틀대고, 발버둥 치고, 휘말려 들어서, 더욱 몇 마리가 우르르 넘어져서 굴렀다.

낮은 자세에서 뛰쳐나간 고블린 슬레이어는 그 혼란 위를 한순간에 달려서 넘었다.

"GOOB?!"

덤으로, 버둥거리는 고블린 한 마리에게서 곤봉을 빌리는 것도 잊지 않는다.

"에에잇, 고블린 놈들……! 이 정도 수가 있으면서 꼴사납구나!"

뭐라는 괴물이 입에서 분노를 흘리는 것을 멀리 들으며 그는 네 마리째의 두개골을 부수었다.

"GOBBG?!"

넷. 칼을— 곤봉을 집어 들어 올리며 다음 공격을 쳐내고, 들어 올린 기세 그대로 내던졌다.

무기가 튕겨 올라간 고블린이 비틀거린 틈에 동료들에게 맞춘다.

매도가 솟고, 움직임이 멎는다.

고블린 슬레이어는 그런 고블린이 떨어뜨린 창을 주워서 대충 던져도 맞는다는 식으로 투척.

"GOBBGRRG?!"

가슴에 창날이 박힌 고블린이 동료를 끌어들이며 쓰러졌다.

시체를 치우는 한순간, 또 다시 움직임이 멎는다.

고블린 놈들이 떨어뜨린 무기를 모조리 주워서, 고블린 슬레이어는 사방팔방으로 투사했다.

모든 것은 반복이다.

정말이지, 어디를 봐도 고블린투성이. 적당히 무기를 휘두르기만 해도 죽어간다.

평지에서 정면으로 대군을 상대해서 몰살. 고블린 슬레이어는 그러지 못한다.

그러나, 고블린이 제대로 된 병사의 싸움을 할 수 있을 리 없다.

그야말로— 고블린 로드라도 있는 게 아니라면!

"GOOGG?!"

"이걸로, 열둘!"

고블린 슬레이어는 명백하게 적의를 제어하고 있었다.

아군을 공격. 짜증. 공포. 분노. 도미노처럼 혼돈이 퍼진다.

그렇게 흐트러질 대로 흐트러진 포위망을 고블린 슬레이어가 찢어낸다.

"모험가아!!"

그 강대한 괴물이 기다리고 있다.

고블린 슬레이어는 엘프 궁수가 쏘아낸 화살처럼 일직선으로 달리면서 눈에 힘을 주었다.

수많은 목숨을 빼앗았을 명품 망치. 눈에 반사된 빛을 받아서 둔탁하게 빛나는 금속 덩어리.

아마도 그 일격은 치명적(크리티컬)이다.

언젠가의 싸움에서 그랬던 것처럼 목숨을 건지는 건 기대할 수 없으리라.

그에 비해서 이쪽에는 곤봉, 원형 방패, 가방에 들어 있는 몇 가지 장비.

—문제없다.

고블린 슬레이어는 땅에 엎드리는 것 같은 자세로 더욱이 다리에 힘을 주었다.

"죽어라아앗!!"

전투 망치가 내려온다. 바람을 가르면서 울부짖고, 일격으로 두개골부터 등뼈를 부수기 위해서.

고블린 슬레이어는 그 순간, 양손으로 땅바닥을 쳤다.

진흙과 섞여서 다갈색으로 지저분해진 눈이, 마치 물보라 같은 것처럼 튀어 올랐다.

그것은 망치의 위력 탓일까? 아니면 급제동 탓일까?

어쨌거나 결과는 일목요연하다.

머리칼 한 올, 종이 한 장 차이. 전투 망치의 투박한 빛은 고블린 슬레이어의 눈앞에서 땅에 묻혔다.

—무르다!

진흙에서 망치를 뽑고자 오우거가 힘을 주는 틈을 찔러서 고블린 슬레이어가 뛰었다.

엘프 궁수가 쏘아낸 화살처럼 궤도를 바꾼 것이다.

"크오오옷!!"

자랑스런 무기를 받침대 삼아서— 발로 짓밟으며, 원한을 품은 먹잇감이 자신을 뛰어넘는다.

오우거에게는 어느 정도의 굴욕이었을까?

그는 볼품없는 장비의 모험가를 맞아 싸우고자 양손으로 전투 망치를 고쳐 쥐었다.

그러나 이름 모를 괴물의 감정 따위 고블린 슬레이어는 흥미가 없었다. 당연하다.

착지와 동시에 땅을 굴러서 충격을 죽이고, 일어서서 앞으로.

그가 목표 삼은 것은 이 괴물도— 고블린마저도 아니었으니.

"아……."

"살아 있겠지."

가느다란 목소리, 고블린 슬레이어는 짧게 응답했다. 책형을 당한 포로 아가씨는 눈을 깜박였다.

등 뒤에서 고블린 놈들과 오우거의 으르렁거리는 소리가 울려퍼졌다. 시간은 미약하게도 없다.

그 얼마 안 되는 여유를, 고블린 슬레이어는 한 마디 고하는데 소비했다.

"아프겠지만, 이걸로 끝이다."

"……아."

아가씨가 힘없이 수긍했다. 고블린 슬레이어는 잔혹할 만큼 기계적으로, 아가씨를 형틀에서 뜯어냈다.

"으, 아……악?!"

박혀 있는 쐐기가 근육을 찢는 고통에 아가씨가 몸부림쳤다. 고블린 슬레이어는 그녀를 어깨에 둘러멨다.

또 한 사람. 그쪽으로 가기 직전, 고블린 슬레이어는 옆으로 뛰어 눈바닥을 굴렀다.

“네노옴!! 포로로 잡은 계집 따위에 신경 쓰다니, 상당히 여유가 있는 모양이구나아아!!”

전투 망치를 내리치고서, 시선만으로…… 사나운 웃음만으로 사람을 죽일 것 같은 형상으로 부르짖는 오우거.

“그렇지도 않다.”

고블린 슬레이어는 낮은 목소리와 함께, 가방 안에 집어넣은 손을 뿌렸다.

“그아악?!”

팡. 메마른 소리가 나면서 오우거의 안면에 파편이 터지고, 빨간 분말이 눈처럼 흩어졌다.

오우거가 곧장 비명을 지르고 안면을 누르며 뒤집어졌다.

달걀 껍질에 향신료 분말을 봉한 최루제. 어떤 괴물이라도 눈과 코에 입이 있으면 노릴 수 있는 법이다.

“이런 것은, 어린애 장난이…… 아니냐앗!!”

깔보고 있다. 비웃고 있다. 마치 고블린이 약자에게 그러는 것처럼.

오우거의 시야가 비유까지 포함해서 빨갛게 물들고, 전투 망치를 힘에 맡기며 휘둘러댄다.

“GOROOGB?!”

“GOB?! GOGR?!”

근육을 때려 부수는 감촉. 그러나 그것은 고블린 슬레이어를 대신하게 된 고블린이었다.

방패로 고블린 놈들을 오우거에게 밀어붙인 고블린 슬레이어는 그대로 다음 포로에게 달렸다.

아무래도 이미 한 사람 메고 있는 상태라서 속도는 비교가 안 된다.

그러나, 이미 여기는 고리 바깥이다. 그리고 짜증내는 소리를 높이며 무기를 휘두르는 오우거 옆이다.

고블린 놈들이 멀리서 지켜보는 수밖에 없는 상황을, 고블린 슬레이어는 크게 활용했다.

"간다."

"……네, 에."

다음 아가씨는 의젓하게 응답하고서, 억지로 뜯어내는 고통에도 입술을 깨물며 버텨냈다.

이걸로 포로는 해방시켰다. 고블린 슬레이어는 두 사람을 통처럼 어깨에 메고서 적을 보았다.

이제 움직임이 둔해졌다. 한 손은 막혔다. 무기를 휘두를 수 없다. 싸우게 된다면 질 것이다.

구할 필요 따위 없었다. 내쳐도 괜찮았다. 그러나 그는 그런 생각을 하지도 않았다.

할 것인가 안 할 것인가라면, 한다. 그것은 그가 처음에 배운 것 중 하나다.

"어리석은, 모험가로군. ……그렇게 죽을 셈이었단 말이구나."

간신히 눈에 들어간 최루제를 떨쳐낸 오우거가 상어처럼 입가를 일그러뜨렸다.

흡이란 것은 어리석다. 고블린 놈들이 그렇게 말을 했는데, 분명히 그렇다.

자신의 심정인지 세간의 평가인지는 모르지만, 그런 것을 신경 써서 인질을 구하고자 한다.

악으로 기울어 인질을 버리는 무리도 있지만— 그런 것들은 언젠가 질서에서 배척될 뿐이다.

이 모험가가 어느 쪽인지는, 오우거의 눈에도 명백했다.

그리고 그런 놈들을 절망의 구렁텅이에 빠뜨리는 것이 기도하지 않는 자에겐 무상의 기쁨이었다.

"좋다. 바라는 대로, 계집들 앞에서 죽여주마. 유감이구나. 구원자란 놈이 어리석어서……."

오우거는 천천히 걷기 시작했다. 고블린 슬레이어는 응답하지 않았다.

그저 하늘을 올려다보고 있었다. 구름으로 하얀 하늘 너머에, 찬란하게 빛나는 태양을 보고 있었다.

하늘 꼭대기를 넘고 있었다. 이 계절이라도 애당초 태양의 빛이 강해질 무렵이었다.

—그 때를 기다리고 있었다.

"GGBBOOR?!"

고블린 한 마리가 당황하여 소리를 질렀다. 이어서 몇 마리가 하늘을 올려다보았다.

연기다. 연기가 오르고 있었다.

열기가 바람을 타고 전해진다. 붉은 혀가 하늘을 핥고 있었다.

불이다. 불꽃이다.

"GROG?!"

"GGOOBOR?!"

"뭐……이!"

오우거는 말을 잃었다. 마을 여기저기서 불길이 오르고 있었다.

불의 뒤처리에 대한 책임을 떠넘기는 고블린을 무시하고, 오우거의 손 안에서 망치의 자루가 삐걱거렸다.

—놈에게, 다른 무리가 있었나?!

눈을 뒤집고 노려보는 오우거에게 고블린 슬레이어는 내뱉는 것처럼 말했다.

"누가 네놈들과 제대로 싸워줄까보냐."

바람을 탄 연기는 이미 이 마을의 광장을 감싸기 시작했다.

희미한 묵을 떨어뜨린 것 같은 연기 앞에서는 어둠을 내다보는 눈동자도 막힌다.

그것은 열을 감지하는 것이다. 불꽃의 열이 담긴 연기로 막아 버리면…… 의미가 없다.

오우거는 알 리 없었다.

고블린 슬레이어가 깎아내고, 소치기 소녀가 연마한 얼음이 마을 여기저기에 설치되어 있음을.

자신이 진을 치고 그를 기다리는 사이에, 담담하게 함정을 설치하고 다녔음을.

얼음을 통해서 집중된 빛이 불을 붙이는데 충분할 정도의 열을 가지는 것을.

설령 눈 속이라도 메마른 집들의 목재나 눈 아래의 가지는— 잘 타오른다는 것을.

이 남자가 어둠을 내다보는 고블린의 눈동자를 가로막는 방법을, 숙지하고 있다는 것을.

"네가 무슨 괴물인지는 모르겠지만."

고블린 놈들이 혼란과 공포에 소리쳐대고, 오우거는 분노에 떨리는 주먹으로 전투 망치를 움켜쥐었다.

피어 오르는 연기. 흩어지는 분진, 불똥.

그것에 뒤섞여 사라지기 직전, 그 모험가는 담담하게 선언했다.

무엇 하나 평소와 다름없는, 낮고 무기질적인 목소리로.

"고블린 놈들은, 몰살시킨다."

§

연기가 휘몰아쳐서 불꽃이 거뭇하게 춤추는 사이를 고블린 슬레이어는 아가씨들을 멘 채 하염없이 달렸다.

"GOORGB!"

"GB! GOR!"

주위에서 추악한 고블린의 외침이 울린다. 암시(暗視)를 가지고 있어도 열을 품은 연기 안은 내다볼 수 없으리라.

그것은 오우거도 마찬가지인지, 분노해 날뛰는 목소리와 함께 주위의 폐허를 때려 부수는 소리가 울렸다.

그 때마다 어깨에 둘러멘 아가씨들의 몸이 움찔 굳어지지만, 고블린 슬레이어는 무시했다.

1초든 한순간이든 시간이 중요하다. 그렇잖아도 수에서 불리하다. 우위를 놓을 의미가 없다.

고블린 슬레이어는 한순간 아가씨들의 몸에서 손을 떼고, 가방을 뒤졌다.

넣어둔 돌멩이, 날카롭고 뾰족한 그것을 집어서 후방으로 뿌렸다.

"GOORGB?!"

"GGBB?!"

곧장 쫓아오던 — 발견된 것은 아니지만 — 고블린들의 비명이 들렸다.

발에 상처를 입으면 이동 속도가 떨어진다. 그러면 불꽃 속에서 도망치기 어려워진다.

—몇 마리는 이걸로 죽겠지.

이어서 손에 든 돌멩이를 엉뚱한 방향으로 던진다. 자갈이 금속 물건에 부딪혀서 화려하게 튀었다.

"GGOOBR!"

"GORB! GGBRO!"

고블린 놈들 몇 마리가 소리를 지르며 달려가는 소리가 들렸다.

고블린 슬레이어는 그곳으로 곧장 단검을 던졌다.

"GOOBRG?!"

비명. 아마도 목에 칼날이 박혔으리라. 그 높이를 그는 숙지하고 있었다.

상대가 보이지 않는 상황에서 싸우는 건 익숙하다. 그러나 고블린은 그렇지 않았다.

고블린 놈들은 언제나, 자신들이 그런 꼴을 당할 거라고 생각지도 못한다.

—상대의 우위를 깎아내지 않을 이유가 없다.

고블린 슬레이어는 그렇게 판단하고 그 결과에 만족했다.

그리고 고블린 놈들이 멋대로 혼란에 빠져 소란을 피우는 사이에 눈여겨봐둔 우물로 뛰어갔다.

"지금부터 이 안으로 가라앉힌다."

"……어."

겁먹은 소리. 문제없다. 고블린 슬레이어가 낮게 말하고, 붕대를 감아둔 그녀들의 손에 반지를 끼웠다.

"숨은 쉴 수 있다. 발견되지는 않을 거다. 조용해질 때까지 여기 숨어서, 기다려라."

"……네, ……에."

고개를 끄덕인 걸 확인하고, 그는 그녀들을 두레박에 앉혀서 안으로 내렸다.

첨벙. 묵직한 것이 물에 가라앉는 소리가 하나, 둘.

주위의 고블린 놈들은 그럴 때가 아니었다. 눈치 못 챘으리라.

—이거면 된다.

소꿉친구가 누군가에게 알리면 모험가들이 찾아온다.

이런 상황이다. 생존자를 찾지 않을 정도로 어리석은 작자들이 파견될 리 없었다.

그러면, 설령 그가 죽더라도 저 아가씨들은 살 수 있다…….

"…………음."

거기까지 생각하고 고블린 슬레이어는 낮게 으르렁거렸다.

그가 죽는다. 그것은 상정해 마땅한 일이고 이제 와서 말할 것도 없는 일이었다.

하지만 그러나, 문득 소치기 소녀와 여신관, 접수원 아가씨, 동료들과 친구들의 얼굴이 떠올랐다.

슬퍼할까? 아마도. 다른 자들도. 그렇지만 모험가가 죽는 것은 늘 있는 일이다.

분명히 술을 마시고, 떠들고, 웃고, 그리고 언젠가 평범한 일상으로 돌아갈 것 같았다.

좋다. 그는 중얼거렸다. 그 이상 바랄 것이 없다. 모험가로서 취급해준다니!

"그러나, 오늘은 아닐 테지."

고블린 슬레이어는 행복한 상상을 내던지고 재빨리 현실과 마주섰다.

죽음 그 자체는 받아들여야겠지만, 죽을 생각은 없었다. 이건 큰 차이다.

"그러면……."

자신의 무기, 장비를 점검하고 머릿속에 박아둔 마을의 지형과 현재 위치를 생각했다.

"GGBORB!"

"GOROOBG!"

외치는 고블린의 목소리는 사방에서 들린다. 그다지 의미가 없다. 그러나 오우거가 지르는 매도의 소리는 들린다.

"겁먹었느냐 모험가! 잔재주를 쓰다니…… 형님을 상대로도 그러지 않으면 이길 수 없는 약해빠진 잡졸이군!!"

"그렇고말고."

형이 누군지는 모르겠지만, 그가 그러지 않을 이유가 없었으니 분명 그랬으리라 생각했다.

고블린 슬레이어는 발치의 녹아가는 눈과 진흙을 집어서, 매도를 날리는 쪽으로 던졌다.

철퍽. 물이 튀기는 소리를, 오우거의 하늘을 찌르는 분노의 목소리가 덧칠해 뭉개며 울린다.

"거어기냐아아!!"

"그렇고말고."

반복해서 중얼거리고, 고블린 슬레이어는 발길을 돌려 도망치듯 달려 나갔다.

달린다, 달린다, 달린다, 달린다. 연기를 헤치는 검처럼 한 점을 향해서.

고블린 놈들— 저 뭐라는 괴물조차 마을의 지형을 파악하지 않은 것은 명백했다.

—역시 멍청이다.

괴물 놈들은 표적이 어디를 향하고 있는지도 모른 채, 끌려가듯 따라붙었다.

잠시 지나서, 갑자기 연기가 쏴아 걷혔다.

계속 고여 있을 만큼 좁지가 않은, 넓은 장소로 빠져 나온 것이리라.

오우거는 연기에 가려진 시야를 떨쳐내듯 눈을 깜빡이고 쿠웅, 커다랗게 땅을 흔들면서 한 걸음 앞으로 나섰다.

과연, 그 모험가는 거기 있었다.

지저분한 가죽 갑옷, 싸구려 철 투구, 어중간한 길이의 검을 들고, 팔에는 자그마한 원형 방패.

새내기 모험가조차도 좀 더 나은 장비를 쓸 법한, 볼품없는 남자였다.

"여자들은 어쨌느냐, 모험가!"

고블린 슬레이어는 대답하지 않고 천천히 간격을 재듯 슬금슬금 뒤로 물러났다.

오우거는 그 모습을 겁을 먹었다고 생각했는지, 잡아먹을 상대를 발견한 것처럼 씨익 웃었다.

"짐이 되어서 버린 것이군! 참으로 꼴사납구나!"

투구 안에서 고블린 슬레이어는 낮게 으르렁거렸다. 오우거 뒤에서 고블린 놈들이 솟아 나온다.

생각보다 수가 많았다. 불과 연기 속, 상사에게 뭉개지면서도 영악하게 살아남았으리라.

그래서 고블린 슬레이어는 또 한 걸음 물러났다. 오우거가 거리를 좁히고 고블린이 따른다.

"GOOBORG!"

"GGBRG!"

고블린 놈들은 얼굴을 마주보더니 수근수근 속삭이면서 숨죽여 웃었다.

이제 저 모험가는 죽은 목숨이다. 어떻게든 된다. 살아남았다. 포상을 받을 수 있다. 틀림없다.

그것은 고블린에게 지극히 당연한 생각이었다.

고블린 놈들은 자신의 유능함을 털끝만큼도 의심하지 않고 공에 걸맞은 무언가를 얻을 수 있다고 생각한다.

그걸 위해서는 저 모험가에게 특히 고통을 줄 필요가 있다.

목이 좋지만, 아니면 손가락 한두 개. 죽였다. 처리했다. 그것에 연관된 증거가 필요하다.

아니, 혹은 그것을 얻은 놈에게서 빼앗으면 되는 것이다.

서로서로를 견제하고, 낌새를 살피면서, 고블린 놈들은 모험가를 겹겹이 둘러쌌다.

"…………."

고블린 슬레이어는 한 손의 검을 겨누는 것을 반복하며 주위를 둘러보았다.

빙글 원을 그리며 고블린을 위압한다. 일제히 덤벼들면 끝장이다. 다 아는 일이다.

서서히 좁혀지는 피아의 거리를 살피며, 고블린 슬레이어는 또 한 걸음 뒤로 물러났다.

그리고 그를 둘러싸는 고리를 쓱 헤치면서, 더욱이 오우거가 앞으로 나섰다.

손에는 바로 위에서 내리치면 틀림없이 뭉개져서 죽을 거대한 전투 망치.

오우거는 그것을 위압적으로 휘둘러 모험가를 희롱하듯 하늘에 그었다.

"그저 살기만 바라는 지저분한 모험가 놈이……. 단념하고 관뚜껑의 못처럼 죽음으로 나아가도록 해라!"

"한 가지 묻고 싶다."

고블린 슬레이어는 짧게 말했다. 가방을 뒤져 장비 하나를 주먹 속에 쥐면서.

"네 형이란 것도 그렇게 무기를 휘두르는 것밖에 재주가 없었나?"

"……?!"

오우거는 질문의 의도를 이해하지 못하고, 그러나 거기에 담긴 모독을 느끼고 눈을 까뒤집었다.

그건 기억하고 있다. 모험가는 이어서 말했다. 물의 도시 지하에 있던 거대한 고블린이 그랬다.

"그러나."

고블린 슬레이어는 의문스레 중얼거렸다.

"네놈은 고블린이 아닌 것 같은데."

"이, 이노오오오오오오오오옴!!"

전투 망치 일격이 발치를 때려 부수고 뒤흔들었다.

눈과 얼음이 거품처럼 튀는 가운데, 고블린 슬레이어는 후방으로 뛰어서 피했다.

때려 박은 무구에 들러붙은 서리를 떨치면서, 오우거는 저주받으라고 소리를 높였다.

"네놈 따위에게 쓸 것도 없다고 생각했다만……!"

드높이 들어 올린 검지. 그곳에 인광이 드리우는 것을 고블린 슬레이어는 투구 안에서 확인했다.

"《카리븐클루스(화석(火石))》…… 《크레스쿤토(성장)》…………!"

드높은 주술의 목소리에 대기 안의 마력이 휘몰아치면서 열을 품었다.

빛은 불꽃으로 바뀌고, 불꽃은 공 모양으로 부풀어 오르고, 기세가 늘어나고, 공기를 말리고, 타올랐다.

치명적인 열에 이른 그것은 붉게, 파랗게, 그리고 하얗게 빛나며 흐린 하늘 아래에서 광야를 비추었다.

눈과 얼음이 녹고, 증기가 뭉게뭉게 피어올랐다. 고블린 슬레이어는 허리를 낮추고 대비했다.

아무리 눈부시더라도 **그 소녀**의 빛과 비교할 바가 못 된다.

"《야크타(투사)》……?!"

그리고, 지금 그야말로 불덩이를 투사하고자 한 그 순간.

"뭣, 이……?!"

쑤욱, 오우거의 발치가 가라앉았다.

아니, **발이 가라앉았다**가 맞았다.

쏘아낸 불덩이는 눈어림이 어긋나서 엉뚱한 방향으로 떨어지고—역시 가라앉았다. 고열의 증기를 내면서.

있을 수 없는 일이었다. 오우거는 눈을 깜빡이고 주위를 보았다. 이변은 그의 발치에만 머물지 않았다.

"GBOORGB?!"

"GOBR?! GOORGB?!"

고블린 놈들이 빠지고 있었다.

발만 가라앉은 것이 아니라, 가슴까지, 목까지, 어떤 놈은 휘두르는 손만 남기고 땅 아래로.

—땅?

오우거는 그 찌르는 차가움, 얼어붙는 싸늘함을 그제야 깨달았다.

이건 땅이 아니다. 땅 따위가 아니다! 이건— 이건, **물**이다!

“모, 모험가……아!!”

오우거는 대답을 찾아 원수의 모습을 찾았다. 그러나, 그 모습이 홀연히 사라졌다.

“가, 아아아아아아……악!!”

그렇게나 믿음직하게 생각한 전투 망치가, 짐이 되어 오우거의 거구를 끌어당겼다.

오우거는 어두운 물 속, 빠지는 고블린 놈들에 묻히듯 사라졌다.

그 모든 것을, 고블린 슬레이어는 수면에서 가만히 바라보고 있었다.

아까 얼음을 깎아낸 구멍으로, 그는 미리 몸을 던진 것이다.

그 손에서 빛나는 것은 《브리싱》의 반지. 미덥지 못한 등불(스파크)이, 그의 목숨을 이어주고 있었다.

실제로 마술을 쓸 수 있든 전투 망치의 일격이든, 연못의 얼음을 부수면 이렇게 되는 건 빤히 보였다.

그걸 알고 있으면— 미리 물에 뛰어들 수 있다. 당황하면서 가라앉아 빠지는 일은 없다.

고블린 놈들과 함께 일망타진— 아니, 마을 안에 아직 살아남은 놈이 있으리라.

그는 연못가의 풀을 붙잡으면서, 흠뻑 젖은 몸을 간신히 끌어올려서 육지로 기어 올라왔다.

기는 것처럼 숨을 내쉬고, 데굴 드러누워서 호흡을 정돈했다.

몸이 기이하게 무거웠다. 피로 탓일까? 틀림없다. 추위 탓도 있다. 지독하게 지쳤다.

"…………."

그는 두 번, 세 번 크게 호흡을 내쉰 다음에 비틀거리며 일어섰다.

한 걸음도 움직이기 싫지만, 움직여야만 한다. 그러면 움직일 뿐이다.

모든 것은 할 것인가, 아닌가다. 할 수 있는지 아닌지가 아니다.

수를 셀만한 상황이 아니었다. 고블린 놈들이 얼마나 남아 있는지도 모른다.

그리고 그 모든 것을 처치할 필요가, 고블린 슬레이어에게는 있었다.

"……가야지."

보아하니 아직 마을 속에서 연기가 오르고, 고블린 놈들의 비명이 메아리 쳤다.

아가씨들은 숨은 채 발견되지 않았다. 그러나 그렇다고 해서 오래 기다리게 할 생각도 없었다.

소꿉친구인 그 아가씨는, 언제나 기다리게 만들고 있었다. 오늘 정도는 서둘러야 하리라.

"뭐라고 했었지……."

—……저 괴물은.

고블린 슬레이어는 조금 생각했지만, 피로로 둔해진 머리로는 말이 떠오르지 않았다.

뭐, 좋다. 그렇게 생각하고, 고블린 슬레이어는 연못의 수면을 향해 중얼거렸다.

"그것보다도 고블린을……."

"모, 험……가아아!!!"

그 순간 물기둥이 솟아올랐다.

부글부글 목을 울리며 뛰쳐나온 거구가 하늘 높은 곳에서 질량과 함께 강하한다.

고블린 슬레이어가 즉시 상황을 이해했는지는 알 수 없었다.

무기를 놓지 않은 오우거가 구태여 기세를 살려 깊게 가라앉은 것을.

그리고 힘차게, 연못의 바닥을 차고 도약한 것을.

그러나 어쨌든지 그는 무거운 팔다리를 움직여 방패를 겨누고, 검을 쥐고서 맞설 자세를 보였다.

닥쳐오는 거대한 그림자, 그 치명적인 위력을 앞에 두고서, 그는, 그는…….

§

"《자비 깊은 지모신이여, 어둠 속 길 잃은 우리들에게 성스러운 빛을 베푸소서》!"

§

—백광.

그야말로 태양이 지상에 내려선 것 아닌가 싶은 강력하고 청정한 빛.

"으, 오옷?!"

시야를 덧칠하는 광망(光芒)에, 오우거는 신음을 흘리며 몸을 비틀었다. 착지의 눈어림이 흐트러진다.

고블린 슬레이어는 믿을 수 없다는 심정으로 땅을 차고 뛰어서 피했다.

종이 한 장 차이. 전투 망치가 때린 땅에서 눈과 얼음, 그리고 물보라가 솟아올랐다.

있을 수 없는 일이었다.

고블린 슬레이어는 일어서서 숨을 정돈했다.

들릴 리 없는 목소리였다.

그러나 그것은 현실에서 일어났다.

"고블린 슬레이어 씨!"

긴장과, 그리고 아마도 그것을 넘어서는 기쁨이 섞인 목소리.

소녀의 그 목소리는 산자락 쪽에서 울렸다. 고블린 슬레이어는 그쪽을 돌아보았다.

—있었다.

썰매 위에서 동료들과 함께, 선두에 서서 석장을 치켜든 여신관의 모습이다.

바람에 나부끼는 금색 머리칼이 이마와 볼에 달라붙었고, 그러나 눈동자는 흔들림이 없으며 볼을 물들이고서.

“이번에는…… 안 늦었어요……!”

고블린 슬레이어는 웃었다. 투구 안에서, 아주 약간 입술을 풀었다. 그런 웃음이었다.

“모포의, 썰매군.”

“오냐.”

좌아. 고블린 슬레이어 옆으로 썰매를 대고서 뛰어내린 드워프 도사가 웃었다.

“이 아가씨가 물 끼얹은 모포를 《웨더링(풍화)》의 술법으로 빨리 얼리라고 하더구나.”

“하하하하하. 과연 소귀 살해자 선생의 가르침을 받았군.”

“가르침이라기보다, 악영향이야, 악영향! 오르크볼그의 악영향!”

부르르 커다란 몸을 떨면서 뒤따른 리자드맨 승려와 엘프 궁수의 말에, 여신관이 볼을 붉히며 황송해했다.

그렇지는 않아요……. 라고 가녀린 항의. 아니, 고블린 슬레이어는 고개를 옆으로 저었다.

“좋은 생각이다.”

말을 끊고서, 온화한 목소리를 내려고 노력했다.

“덕분에 살았다.”

“……네!”

아까 그 기적에도 뒤지지 않을 정도로 얼굴을 밝히면서, 여신관이 고개를 크게 세로로 흔들었다.

“그것보다, 그 사람은…….”

소치기 소녀를 말하는 것이리라. 배려하는 어조에 고블린 슬레이어가 고개를 끄덕였다.

"무사하다."

말하고서, 그걸로는 부족하리라 생각하여 덧붙였다.

"도망 보냈다."

"다행이에요……."

"그럴 줄 알았어."

가슴을 쓸어내리는 여신관 옆에서, 엘프 궁수가 화살을 한 손에 들고 훌쩍 뛰어내렸다.

"그건 그렇고, 멀리서도 보이긴 했는데."

그녀가 질색하는 표정으로, 전투 망치에 의지하여 천천히 몸을 일으키는 커다란 그림자를 보았다.

"뭔가 했더니 오우거잖아. 어째서 이런 곳에……."

"오우거."

고블린 슬레이어는 멍하니 반복했다.

"그랬었군."

"기억을 좀 해!"

엘프 궁수가 눈매를 치켜 올렸다.

"첫 모험에서 상대했잖아!"

"모험……."

고블린 슬레이어는 오우거를 보면서 그 유적의 싸움을 돌이켜봤다.

그렇군.

그건, 모험이었군.

"……기억해두지."

"좋아!"

철 투구를 흔들며 고개를 끄덕이자, 엘프 궁수가 만족한 기색으로 작은 가슴을 폈다.

"그건 그렇고. 그렇다면 이번에는 재대결. 지난번의 설욕을 이룰 좋은 기회일세."

리자드맨 승려가 유쾌한 — 사나운 — 웃음을 턱에 지었다. 드워프 도사는 화주를 벌컥 들이켰다.

"그러면 어쩔 테냐? 카미키리마루. 이쪽도 모험을 한 다음이니라. 소모를 좀 했구나."

"……방법은 있다."

고블린 슬레이어는 말했다. 언제나, 주머니 속에. 모두가 모이면 얼마든지.

"해치운다."

"네, 해치울게요……!"

고블린 슬레이어의 말에 모험가들이 일제히 움직였다.

허리를 깊숙하게 낮추고 검과 방패를 겨누는 그의 옆에, 연마된 송곳니칼을 든 리자드맨 승려.

엘프 궁수는 현을 당기고, 석장을 든 여신관 옆에는 가방에 손을 넣은 드워프 도사.

몇 번이고, 몇 번이고 반복한 진형. 대오를 짜고서 괴물을 상대할 때마다 해온, 익숙한 것.

전투 망치를 손에 든 오우거는 그 역겨운 광경을 노려보듯 눈을 부릅떴다.
“그렇군……!”
모험가다.
놈들은, 모험가다.
“네놈들이, 그렇구나아!!”
“그렇고말고.”
고블린 슬레이어는 세 번째 그렇게 대답했다.
“암, 그렇고말고!”
그리고 그는 피폐한 몸을 끌고 뛰쳐나갔다.

§

“우, 오오오오옷!!”
함성과 함께 내리친 전투 망치를, 모험가들이 발맞춘 움직임으로 민첩하게 피했다.
일격이 치명적인 건 여전하고, 이전과 다를 바 없다.
엘프 궁수는 표정을 찌푸리고, 화살의 조준을 맞추며 외쳤다.
“어떡할 거야, 오르크볼그!”
“떨어뜨린다.”
고블린 슬레이어는 짧게 말했다.
“그거, 아까도 했던 거 아냐?!”
목소리와 함께 쏘아낸 화살이, 차례차례 오우거의 가슴팍에 박혔다.
그러나 오우거는 전투 망치로 화살대를 부러뜨리며 쳐내서, 피해를 입힌 것으로 느껴지지 않았다.

“무르다, 엘프으으!”

이어서 때려 박는 전투 망치를, 엘프 궁수는 「히약」 비명을 지르면서 피했다.

저 거대한 철 덩어리를 받으면 한 방 감도 안 된다. 뭉개져서 팔다리라도 남으면 그나마 낫다.

손바닥으로 때린 벌레처럼 죽는 모습을 상상하고서 엘프의 예리한 표정에서 핏기가 가셨다.

그러나 고블린 슬레이어는 신중하게 거리를 재면서 당연하단 듯 말했다.

“다시 한 번이다.”

“아아, 정말……!”

알았어. 엘프 궁수는 어려운 상황이 느껴지지 않는 웃음으로 응답하고 눈에 발자국도 남기지 않으며 달렸다.

사점을 노리는 궤적을 한 번 보고서, 고블린 슬레이어는 이어서 드워프 도사에게 물었다.

“술법은?”

“앞으로 한두 번은 어찌 되겠구나.”

“한 번은 남겨둬라.”

“오냐!”

그리고 마지막으로 고블린 슬레이어는 여신관을 보았다.

그녀는 슬링을 준비하고 있었다. 표정에는 힘이 있지만, 피로 탓에 볼이 창백했다.

기적을 탄원할만한 여력은 이제 남지 않았으리라.

"무리는……."

"안 해요."

하려던 말을 가로막고, 여신관이 자신 있는 웃음을 지으며 기특하게 대답했다.

"무리나 무모한 짓을 해서 이길 수 있다면, 고생 안 하는걸요."

"좋다."

고블린 슬레이어는 수긍했다. 그리고 오우거와 엘프 궁수의 싸움에 눈길을 주었다.

엘프 궁수는 화살을 쏘고, 달리고, 뛰어오르고, 오우거의 움직임을 계속 끌어당겼다.

전투 망치가 나무줄기를 때리고, 가지를 부러뜨린다. 그러나 그녀는 나뭇잎 사이의 햇살처럼 흔들리면서, 다음 가지로.

잎이 떨어졌어도 숲 속이다. 엘프는 그야말로 물 만난 물고기. 잠시 동안은 버틸 것이다.

"어떻게 보나?"

"오랜 옛날, 머나먼 저편에서 만들어진 서사시를 아시는가?"

리자드맨 승려는 고블린 슬레이어의 어깨를 꼬리로 두드리고, 참으로 유쾌하게 눈을 돌렸다.

"아무리 거체라 해도 중력의 사슬에서 벗어날 수는 없다네. 하물며 두 다리라면……."

"정해졌군."

고블린 슬레이어는 가방 안에서 갈고리 밧줄을 꺼내 갈고리를 리자드맨 승려에게 던졌다.

"걸어라."

"되도록 굵고, 뿌리를 내린 나무에. 알겠네!"

짧게 두세 마디 대화만 나누고서도, 두 그림자는 설원 위를 미끄러지듯 달리기 시작했다.

그 모습을 보기만 하고서도, 엘프 궁수는 두 사람이 뭘 노리는지 파악했으리라.

그녀는 체중이 느껴지지 않는 움직임으로 가지에 손을 걸고, 빙글 몸을 돌려서 나무 위에 위치를 잡았다.

"맞춰줘!"

"네!"

여신관 또한 듬직한 동료의 목소리에 자갈을 투석끈에 감아서 조준을 맞췄다.

연습을 한 덕분인지 상대가 거대한 덕분인지, 휭 날아간 돌멩이는 오우거의 안면에 맞아 튕겼다.

"가소롭다! 계집아이의 자갈 정도로 이 몸을 어찌 할 수 있다고 생각했느냐!"

"그러면, 이번에는 그냥 화살이 아냐……!!"

엘프 궁수는 화살통에서 뽑아낸 나무 눈의 화살촉을, 그 작고 하얀 치아로 단단히 깨물어서 활에 메겼다.

끼이이 당긴 현이 악기 같은 음색과 함께 화살을 쏘아냈다.

그것은 일직선으로 오우거의 눈으로 날아가서, 그리고…….

"크악?!"

안구에 부딪힌 순간, 파악 부서져서 파편을 날렸다. 오우거가 견디지 못하고 얼굴을 젖혔다.

"흐흥."

엘프 궁수가 다음 발판으로 뛰어 이동하면서, 가녀린 가슴을 내밀었다.

"전에는 박혀도 금방 뽑아내서 나았으니까. 엘프는 영리하거든!"

어떨는지. 드워프 도사가 짧게 중얼거린 것을 듣고서, 그 기다란 귀가 파르르 흔들렸다.

불만 있냐고 말대꾸를 하고 싶긴 하지만, 전투가 끝난 다음에나 해야 한다. 지금은 입을 다무는 수밖에 없다.

"지금이야, 오르크볼그!"

고블린 슬레이어는 응답하지 않았다. 리자드맨 승려가 나무의 줄기에 밧줄을 감아서, 갈고리를 걸고 있었다.

"됐다네, 소귀 살해자 선생!"

즉시, 고블린 슬레이어는 오우거의 발치를 한 바퀴, 두 바퀴 몸을 낮추며 달렸다.

밧줄의 함정은 고블린마저도 넘어진다. 이 거구로 넘어지지 않을 도리가 있으랴.

"흐아……압!!"

꾸욱 밧줄을 당긴 그의 손에 오우거의 중량이 꾸욱 걸린다.

발이 눈 때문에 미끄러지는 것을 단단히 디디고 버틴다. 피로에 근육이 굳어져서, 그는 이를 악물었다.

"크, 오, 오오, 오……! 이러한, 어린애, 속임수로오……!!"

그것은 오우거도 마찬가지.

비틀 기울어진 몸을 억지로 바로잡고자 다리에 힘을 주면서, 눈에 들어온 분진을 떨쳐냈다.

이미 봐줄 필요는 없다. 고통을 주기보다는 몰살시켜야 한다.

"《카리븐클루스(화석)》……. 《크레스쿤토(성장)》……."

오우거는 또 다시 손가락을 들어서, 진정으로 힘 있는 말을 입에서 뿜어냈다.

손가락 끝에 밝힌 마력의 빛. 리자드맨 승려는 나무가 쓰러지지 않도록 뿌리를 억누르면서 눈을 흡떴다.

파티 안에서도 가장 거한인 그가 아니면, 갈고리를 억누르는 역할을 다하지 못하는 것이다.

"《파이어볼(화염구)》의 술법이 온다네……!!"

"그거, 요전에도 들었어!"

엘프 궁수가 표정을 찌푸렸다. 그 때는 드워프였던가?

"……갈, 게요!"

그 자리의 누구보다도 작은 그림자, 여신관이 방대한 마력의 소용돌이에 맞서는 것처럼 몸을 던졌다.

두 손으로 매달리듯 석장을 받들어 쥐고, 결의를 가슴에 눈을 감고, 드높이 읊는 기도의 말.

"자비 깊은 지모신이여, 어둠 속 길 잃은 우리들에게 성스러운 빛을 베푸소서—!!"

오우거는 그 순간 씨익 웃었음이 틀림없다.

성스러운 빛의 기적은 아까도 보았다.

올 것을 알고 있으면 대비하여, 눈꺼풀을 한순간 닫기만 하면 되는 것.

반복해서 행하는 눈가림은 효과적이긴 해도, 어차피 그 정도의 잔재주다.

그래서 오우거는《홀리 라이트》를 예상하여 그 각도에서 눈을 돌렸다, 그리고…….

"——?!'

아무 일도 일어나지 않은 것에 눈을 홉떴다.

여신관이 그 표정을 보고서, 앳된 구석이 남은 얼굴에 땀을 흘리며 대담하고 사납게 웃었다.

—그렇고말고요.

그녀는 석장을 오우거에게 겨누고, 그 작은 가슴에 있는 힘껏 긍지와 오기를 품고서 내밀었다.

—저는 그저, **기도의 말**을 입에 담았을 뿐이에요!

"지금이에요!"

"오냐!!"

정신을 차리고자 화주를 입에 머금은 드워프 도사가 주인을 맺은 손가락으로 허공을 쓸었다.

"《요정(픽시)아, 요정아. 과자는 못 주노라만 장난을 부탁하마》!"

요정들은 장난을 좋아한다. 거리낌없이 장난을 칠 수 있다면 기꺼이 달려든다.

날개 달린 작은 자들은 깔깔 웃으며 오우거의 다리를《홀드(포박)》해버렸다.

이렇게 되면 더 이상 견딜 수 없다.

"가, 아아아아아아아아아아아악?!"

집중이 끊어지고, 힘 있는 말은 허공으로 사라지고, 손가락에 마력이 사라졌다.

오우거의 발은 더 이상 버티지 못하고, 드러눕는 형상으로 또 다시 호면에 굴러 떨어졌다.

"흐아……압!"

물기둥이 거품을 뿜는 가운데, 고블린 슬레이어는 뛰었다. 한 마디를 외치고 뛰어들었다.

파문에 가라앉은 오우거의 가슴팍을 향해서, 역수로 검을 움켜쥐고 고블린 슬레이어가 소리를 높였다.

"밧줄을, 끊어라……!"

"그러고말고!"

리자드맨 승려가 한 소리 외치고, 날카로운 손톱으로 갈고리 밧줄을 끊었다.

투웅 탄력이 느껴지고, 오우거는 이제 매달릴 것도 없이 수중으로 가라앉는 수밖에 없다.

그러나, 고블린 슬레이어는 빠지며 몸부림치는 오우거의 목젖에 칼날을 박고서 파헤쳤다.

"그아악?! 모, 모험가아……!!"

고통에 몸부림치고 피거품을 뿜으면서도, 오우거의 눈동자는 활활 타오르고 있었다.

과연. 분명히 강력한 일격이긴 하다. 그러나 치명타가 아니다.

이 모험가의 이런 빈약한 칼날 정도로 오우거가 목숨을 잃는 일 따위 있을 수 없다.

바보처럼 한 가지만 안다. 이렇게 다시 물에 가라앉혀 봤자, 그는 또 다시 뛰어오르면 된다.

같은 수법을 두 번 쓴다는 것은, 이미 다른 수가 없다는 것…….

"그 계집도, 엘프 계집도, 네놈 앞에서 먹어치워 주마아……!!"

그렇게 내뱉는 오우거의 눈동자를, 고블린 슬레이어는 무감정하게 내려다보았다.

철 투구 안에서 붉은 눈동자가 화륵, 타오르는 도깨비불처럼 오우거를 바라보고 있었다.

그리고 그는 말했다. 무기질적이고 담담한, 계곡 바닥에서 불어오는 바람처럼 차가운 목소리로.

"**가라앉혀라.**"

"뭣……?"

"오냐 그래!!"

그 의미를 오우거가 이해하는 것보다 빠르게, 드워프 도사가 짖었다. 굵고 짧은 손가락이 차례차례 인을 맺었다.

"《흙의 정령(노움)아, 흙의 정령. 물동이를 내려라, 천천히 내려라. 내려서 가만 놓거라》!"

쑤욱. 오우거의 몸이, 사슬에 이어진 것처럼 무겁고 둔하게 차가운 물속으로 가라앉기 시작했다.

"뭣, 이, 가, 네, 놈……! 모, 험가……!!"

탁한 물이 입으로, 코로, 흘러 들어온다. 부글부글 목소리는 이미 말이 되지 않는다.

고블린 슬레이어는 오우거의 가슴을 짓밟는 것처럼 차고서, 목에 검을 찔러둔 채 연못가로 뛰었다.

오우거는 그 모습을 눈으로 좇고자 했다. 그러나 이미 시야는 검은 물에 막혀서 아무것도 안 보인다.

진흙탕에 빠진 것처럼 물이 끈적이고, 그럼에도 아무리 헤엄쳐도 손에 걸리는 것이 없다.

굵은 팔이, 다리가, 물을 헤치고, 물을 찬다. 그러나 아무리 움직여도 헤엄칠 수가 없었다.

지금 그는 **떨어지는 것**을 강제 받고 있는 것이다. 아주, **천천히**.

그것이 《폴링 컨트롤(강하)》 탓이란 것을, 과연 깨달았을까?

아마도, 무리였음이 틀림없다. 호흡을 빼앗기면 사고마저도 여유가 사라진다.

오우거는 지상으로 뛰어오르기를 바랐다. 모험가 놈들을 갈기갈기 찢는 것을 바랐다.

그리고 하다못해 한 번이라도 숨을 들이쉬기를 소원하고, 소망하고, 애원하고, 커다란 거품을 입에서 뱉었다.

이런 꼴사나운 죽음은 싫었다. 빠져 죽고 싶지 않았다. 싫다.

그 외침은 거품이 되어, 수면에 닿기 전에 터져서 사라졌다.

그것이— 마지막이었다.

"……해치웠군."

연못가로 기어 올라온 고블린 슬레이어는, 역시 지친 몸을 내던지듯 굴렀다.

아까보다 더욱 몸이 무겁다. 몸속에 납이 가득 찬 것 같았다.

숨쉬는 것마저 귀찮고, 철 투구를 벗어버리고 싶은 충동이 일어난다. 그러나, 안 된다.

아직 고블린이 있다. 고블린이 있는 것이다. 벗어선 안 된다. 아직…….

"고블린 슬레이어 씨, 이거요."

그 순간, 기특하게 옆에서 내민 작은 병이 그의 사고를 끊어냈다.

돌아보니 역시 지친 표정의 여신관이 스태미나 포션을 손에 들고 그의 투구를 들여다보고 있었다.

"그래."

고블린 슬레이어는 갈라진 목소리로 말했다.

"……미안하군, 덕분에 살았다."

"아뇨."

여신관이 부끄러움에 볼을 붉히고 눈을 깔았다.

"언제나, 도움을 받기만 하니까요."

그런가. 고블린 슬레이어는 말하고서 물약을 입에 머금었다.

그래요. 여신관이 말하고, 그의 옆에 살며시 앉았다.

고블린 슬레이어는 간신히 커다랗게 숨을 내쉴 수 있었다.

"근데 말야, 우리들 정면으로 오우거를 이겨버렸어."

엘프 궁수가 믿을 수 없다는 표정으로 아직 파문이 남아 있는 수면을 흘쩍 보았다.

그리고 진심을 담아 자신만만한 기색으로 기다란 귀를 흔들더니, 함박웃음을 지으며 파티를 돌아보았다.

"그러면, 금 등급의 전과라는 거 아냐?!"

"관두거라. 나라의 정치 같은 것에 연관되면 성가시기만 하고 돈이 안 되느니라."

드워프 도사가 귀찮다는 기색으로 손을 흔들자, 엘프 궁수가 「그것도 그렇네」라며 아쉬운 기색으로 중얼거렸다.

아무래도 싸우던 와중에 드워프 도사에게 하려던 말은 완전히 잊었나 보다.

단순한 녀석이로다. 하얀 수염을 매만지고 화주를 들이켜면서, 드워프 도사가 소리죽여 웃었다.

"맞는 말일세. 실력이 금 등급에 이르렀으나 귀찮으니 은 등급이라. 몸이 가벼운 것이 제일이 아니겠는가?"

리자드맨 승려가 나무에 파고든 갈고리를 빼면서 유쾌하게 눈을 돌렸다.

밧줄은 끊어졌지만 갈고리는 무사하다. 이런 자잘한 장비의 재이용도 모험가에게는 중요한 일이다.

더욱이 오우거가 날뛰던 동안에 놓친 전투 망치를 「이것은 명품이로군」 하고 즐겁게 등에 졌다.

리자드맨은 손톱과 송곳니가 아닌 무구는 쓰지 않는 주의지만, 금속 물건은 돈이 되는 법.

무엇보다도 두개골이나 심장은 없지만, 어엿한 사냥의 성과(트로피)였다.

"수확은 중요한 법, 일세. ……허면, 이 다음은 소탕전인가? 소귀살해자 선생."

"그래."

고블린 슬레이어는 짧게 수긍하고, 아직도 연기가 오르는 마을의 폐허로 눈길을 돌렸다.

아직 고블린은 있다. 포로가 되었던 아가씨들은 우물 속에서 싸움이 끝나기를 기다린다.

한 싸움이 끝났다고 정리된 것이 아니다. 참으로, 고블린 놈들은 수가 많다.

해야 할 일은 산더미처럼 있었다. 역시 오늘은 죽을 날이 아닌 모양이다.

"그러나…… 오우거, 였던가."

고블린 슬레이어는 물약 덕분에 활력을 되찾은 몸을 억지로 끌면서 일어섰다.

비틀거리는 몸을, 여신관의 가녀린 손이 살며시 지탱했다. 고블린 슬레이어는 말했다.

"고블린이, 훨씬 더 벅차군."

막간 「이런저런 일로 세상이 구원받기 전의 이야기」

쌓이고 쌓인 만년설 안을, 세 명의 모험가가 넘어질 듯이 달리고 있었다.

선두에서 가는 흰 토끼 엽병마저도 숨을 헐떡이고 있었다. 뒤따르는 두 사람은 말할 것도 없었다.

무엇보다도 시간이 아깝다.

산속으로 도망친 사스콰치 놈들은 방심할 수 없다. 그놈들은 우둔하기 때문에 반성이란 걸 모르리라.

그리고 무엇보다도, 산자락의 이변. 그곳으로 향한 동료들의 안부.

—어지간한 일은 없겠지만.

그러나 그「어지간한 일」이 종종 일어날 수 있는 것이 모험이다.

하늘 높이 탁자에 앉은 신들마저도 주사위의 행방을 알 수 없다.

신참 전사의 마음은 조금씩 타들어갔다.

내리는 눈도 바람도 멎었다지만, 발치에 엉키고 들러붙는 눈은 당분간 녹을 일이 없으리라.

아마도 사방세계의 개벽부터 계속 이곳에 눈이 있었을 것이다.

—신발을 좀 더 잘 생각해서 골라야 했어.

이제 와서 후회해도 늦었지만, 그래도 신참 전사는 생각지 않을 수 없었다.

어쨌든 동굴의 싸움을 헤쳐 나왔으니 후회할 수도 있는 것이다.

그 행운을 곱씹으며, 단단히 후회를 하고 다음에 살려야 한다.

신참 전사는 준비 부족의 맛을 느끼면서도, 멈추지 않고 어깨너머를 돌아보았다.

"야, 괜찮아?"

"어떻……게든……!"

수습 성녀가 숨을 헐떡이면서 소리쳐 대답했다. 성스러운 천칭검도 지금은 그저 지팡이였다.

이 시린 하늘 아래, 두꺼운 옷을 입은 그녀는 얼굴이 새빨개져서 구슬땀을 이마에 맺고 있었다.

소년은 희미하게 웃었다. 분명히 그 자신도 비슷할 것이다. 그리고 그녀에게 손을 뻗었다.

"잡아."

"……고마워."

말이 적은 건 쑥스러워서일까? 지쳤기 때문일까?

고개를 옆으로 돌린 소녀의 가녀린 손을 잡고서, 신참 전사는 그녀를 눈 웅덩이에서 쑥 끌어올렸다.

전방을 힐끔 돌아보니, 폴짝폴짝 뛰어간 흰 토끼 엽병의 기다란 귀가 흔들리고 있었다.

"어~이, 미안! 잠깐 휴식을 해야—."

겠어. 그 말이 문득 끊어졌다. 흰 토끼 엽병이 멈춰섰다.

기다란 귀를 바람에 흔들면서, 하얗고 둥근 손을 이쪽으로 내밀었다.

"──? ……왜 그래?"

"뭔가 다가오고 있어!"

비명 같은 경고에 모험가들은 즉시 준비했다.

그들은 지쳐 있고, 경험도 적고, 그리고 흰 토끼 엽병은 이것이 첫 모험이었다.

그러나 그래도 그들은 모험가였다.

술법은 없고, 기적은 다 썼다. 그러나 무기를 겨누고 싸움에 대비하는 것은 당연한 일이었다.

신참 전사가 앞으로 나서고, 등 뒤에 수습 성녀를 감싼다. 뛰어서 물러난 흰 토끼 엽병이 석궁을 준비했다.

그리고, 어느 정도 시간이 지났을까?

1분일까? 2분. 혹은 불과 몇 초. 신참 전사는 1시간으로 느껴질 정도의 공백.

이윽고 흰 토끼 엽병이 눈을 깜빡였다. 신참 전사에게도 접근하는 자의 모습이 보이기 시작했다.

처음에는 윤곽. 그리고 세부. 작은 그림자 둘.

괜히 덩치가 작은─ 레아. 그리고, 붉은 머리의…….

"어, 너……!"

"엉? 뭐야? 이런 데서 뭐 하냐?"

붉은 머리칼의 소년 마술사는 여전히 잘난 태도로 눈을 깜빡였다.

그 옆에 달려온 것은 레아 소녀. 레아 검사의 맨발이 소년 마술사의 엉덩이를 가볍게 걷어찼다.

"아프잖아?!"

"야아, 이런 데서 보네! 잘 지냈어?"

이 녀석은 아무래도 좋으니까. 비명을 무시하고서 휙휙 손을 흔드는 레아 검사.

수습 성녀는 그 얼굴을 가만히 바라보더니, 천천히 미소를 지었다.

그리고 곱은 손가락을 움직여서, 작지만 검을 쥐느라 굳은살이 베긴 손을 꼭 움켜쥐었다.

"그래, 그래……! 괜찮아, 이쪽은 잘 지냈어! 그쪽은 어때? 괜찮았어?"

"모험 백연발!"

그녀는 작은 가슴을 내밀면서, 쑥스럽게 볼을 풀었다.

"은 아니고. 아직 붕 뜬 느낌이야. 수행만 하고 있어."

그 눈동자가 레아 특유의 호기심으로 반짝임을 보이더니, 흰 토끼 엽병을 보았다.

"와아! 그쪽도 일이 많았나 보네. 이런 귀여운 애까지 동료로 삼다니!"

"저기이……."

그 귀여운 애, 흰 토끼 엽병이 조심조심 사양하듯 말했다.

"아는 사이…… 인가요?"

"친구야."

신참 전사가 곧장 말했다.

"그렇지?"

"……."

소년 마술사는 입을 다물더니, 이윽고 낮은 목소리로 마지못해

「그래」 하고 말했다.

레아 검사는 그것을 듣더니 키득키득 웃었고, 소년 마술사는 그녀를 찌릿 노려보며 화제를 바꾸었다.

“그래서, 무슨 일인데? 무슨 의뢰야?”

“아아, 사실은…….”

신참 전사는 짤막하게, 그리고 빠르게 현재 상황에 대해서 논했다.

그가 조바심을 내고 잘 기억을 못하는 탓에 생략한 부분은 수습 성녀가 어쩔 수 없다며 보충했다.

그리고 마지막으로 흰 토끼 엽병이 한둘 덧붙이자, 레아 검사가 「그렇구나아」 하고 수긍했다.

“그래서 그 사람들이 불려온 거구나.”

“불려와? ……그 사람들?”

수습 성녀가 고개를 갸우뚱 기울이자, 레아 검사가 「응」 하고 수긍했다.

“**스승**님이, 이쪽에 용건이 있다고 해서 말야.”

“……용건을 마칠 때까지, 그 사람들 일을 돕고 있으라고 했거든.”

나는 스승이라고 인정 안 해. 소년 마술사가 투덜투덜 불평을 중얼거리면서 토라졌다.

“그 사람들…….”

흰 토끼 엽병이 기다란 귀를 쫑긋 높게 뻗었다.

“……저쪽에서 오는 사람들?”

그 말을 들을 때까지, 신참 전사는 그 존재를 전혀라고 해도 좋을 정도로 깨닫지 못했다.

수습 성녀도 그랬으리라. 그녀의 감지 능력은 그 또래의 아가씨를 넘어서지 못한다.

아니, 애당초 흰 토끼 엽병조차도, 직전까지 존재를 감지할 수 없었다.

눈 풍경 너머에서는 역시 세 명의 모험가가 나타났다.

전사, 마술사— 둘 다 여성. 그리고 선두에 선, 몸집이 작은 검은 머리의 소녀.

허리에 호화로운 검을 찬 그녀는 어린애처럼 타앗 달려오더니 태양 같은 웃음을 지었다.

"왜 그래? 무슨 일 있어?"

"아니, 그게 내…… 친구."

웃는 레아 검사를 소년 마술사가 노려보았다.

"인데요……."

소년 마술사가 간결하고 알기 쉽게 설명하자, 소녀는 「그렇구나아」 하며 몇 번씩 고개를 끄덕였다.

"있지. 괜찮을까? 내가 할 수 있는 일이 있을 것 같으니까!"

소녀가 동료를 돌아보자 여전사는 「어쩔 수 없네요」라면서 수긍하고, 마술사도 「예상 범위 안」이라고 중얼거렸다.

"당신이 남을 돕는 것만으로 움직인다는 걸 아니까요."

"……이렇게 될 건, 어쩐지 알고 있었어."

그 말을 들은 소녀가 「데헤헤」 하고 창피한 기색으로 콧잔등을 긁적이며 얼버무렸다.

그리고 그녀는 신참 전사의 어깨를 척 두드리더니, 그 작은 가슴을 자랑스레 내밀었다.

"여자애를 두 명이나 데리고 노력했네. 역시 남자애! 뒷일은 나한테 맡겨!"

"……응? 응?!"

소녀가 한 말의 의미를 이해하고, 신참 전사가 멍하니 눈을 홉떴다. 흰 토끼 엽병이 헤실 웃었다.

—그 다음의 전말에 대해서는, 이제 말할 것도 없으리라.

제9장 『그리고 일상으로』

Goblin Slayer
He does not let anyone roll the dice.

“그건 또, 참 큰일이었네요…….”

접수원 아가씨의 말은, 남 일처럼 말하긴 했지만 위무와 걱정이 섞인 마음이 따스한 말이었다.

네. 일의 전말을 보고한 여신관은 뭐라 말하기 어려운 기색으로 고개를 끄덕였다.

손에는 방금 전에 접수원이 타준 홍차가 든 컵이 있었다.

온기가 전해지는 그것을 한 입, 두 입 마시고서, 그녀는 다시 한 번「네」하고 중얼거렸다.

“이쪽도 그랬고…… 고블린 슬레이어 씨 쪽도, 설마 오우거가 나오다니…….”

“오르크볼그 쪽이야 뭐 괜찮아.”

그 옆에서. 마찬가지로 보고를 하고 있던 엘프 궁수가 질색한 기색으로 책상에 손을 탕 내렸다.

“얘가 말이지, 정말로, 뭐랄까……. 옮아서 말이지.”

“옮다뇨…….”

그건 아니에요. 여신관이 난처한 기색으로 도움을 청하고자 좌우를 보았다.

“뭐, 선인의 영향을 받는 법이니 말일세.”

이것은 리자드맨 승려가 기분 좋게 한 말이다. 꼬리를 흔들면서, 눈알을 의기양양하게 빙글 돌렸다.

"좋은 길인지 아닌지는 그렇다 치고, 앞으로 나아간다는 것 자체는 존귀한 일이 아니겠는가?"

그가 기묘한 합장을 하고서 시선을 보내는 곳은 길드 대합실의 벽에 기대어 놓은 커다란 무기였다.

모험의 트로피인 그것은 이 길드의 무훈에 새로운 일막이 더해진 증거다.

창잡이나 마녀 같은 이들이 흥미롭게 그것을 바라보고, 중장 전사 파티가 그 옆에 섰다.

여기사가 한 번 들어볼까 손을 뻗다가, 중장 전사가 말려서 불평을 토하는 것이 잘 보였다.

"나중에 내가 좋은 방패라도 마련해서 장식해주마."

그것을 유쾌하게 바라보면서, 드워프 도사가 술병을 들이켜고 하얀 수염에 묻은 방울을 만족스럽게 핥았다.

"거인, 흡혈귀, 그리고 오우거가 나왔으니. 이 파티 결성 이래 가장 커다란 일이 아니더냐?"

"그렇네요오……."

접수원이 수긍하고, 각각의 모험 기록 용지(어드벤처 시트)와 보고서(리플레이)를 점검했다.

지난번 영애를 지하미궁에서 구조한 것에 이어, 참으로 대모험의 연발이었다.

이번 안건도 수도 쪽에서 보낸 모험가들과 공동이었다 하고…….

"결국 말야. 흑막은 뭐였어?"

엘프 궁수가 늘씬하고 긴 다리를 휙휙 흔들면서 말했다.

분명히 그것은 지당한 의문이다. 봄을 늦추고, 얼음 마녀와 오우거를 거느리는 수수께끼의 존재.

접수원은 「네」 하고 고개를 끄덕이더니, 딱히 상관없으리라고 판단하여 서류를 통통 정돈했다.

"마신왕의 군의 잔당이 뭔가 꾸미고 있었던 모양인데요……."

—용사님이 멸했다고 하던걸요?

"참으로 커다란 일이었군."

리자드맨 승려가 참 느긋한 기색으로 말했다. 접수원과 달리 완전히 남의 일이었다.

그로서는 공덕을 쌓았고, 보수로 치즈도 살 수 있다. 더할 나위가 없었다.

"용사 선생이라 하면, 여기저기 바쁘게 다닌다고 하지 않는가? 이거 참으로."

"힘이 있기에 할 수 있는 일, 해야만 하는 일이 많으니까요."

접수원의 말에 리자드맨 승려는 「역시 귀찮으니 은 등급이라」 하며 홀로 투덜거렸다.

그것을 들은 드워프 도사가 큭큭 웃음을 죽이고, 엘프 궁수가 질색하며 숨을 내쉬었다.

하이 엘프다운 우아함을 동반한 버릇없는 동작으로 턱을 괴고서 「그러고 보니」라고 입을 열었다.

"그래서, 오르크볼그는?"

"가끔은 일찍 집에 돌아가야겠지, 라고 하셨어요."

언제나 그러고 있다고 생각하는데 말이죠? 접수원이 반쯤 유감, 반쯤 납득하며 말을 흘렸다.

엘프 궁수는「헤에」하고 흥미롭게 기다란 귀를 흔들더니「그렇구나」홀로 납득했다.

"오르크볼그도 남을 챙기는 기질이 있는 거네."

"뭐, 이번에 누가 가장 고생을 했는가 하면, 그 목장의 아가씨가 아니더냐?"

"옳지, 옳아. 되도록 나날의 일에 영향이 없도록, 마음 편히 지내주면 좋겠다네."

치즈 때문이지. 엘프 궁수가 기가 막힌 기색으로 말하자 리자드맨 승려가 익살을 떨며 눈을 돌렸다.

누구인지 모르게 흘러나온 웃음이 그대로 일동에게 퍼져서, 온화한 웃음소리가 길드에 메아리 쳤다.

"저, 저기, 그러니까, 옮았다든가, 그렇게 말하는 건……."

그리고 여신관이 열심히 항의했지만 다들 깔깔 웃으면서 넘겨버렸다.

여신관이 불만을 가득 담아서 볼을 푸우 부풀리고 모두를 노려봤지만, 전혀 상대해주지 않았다.

삐친 것처럼 고개를 돌리자, 신참 전사와 수습 성녀, 그리고 흰토끼 엽병의 모습이 보였다.

양손을 펼치고 모험담을 논하는 신참 전사에게, 좌우에서 설교와 참견을 끼워 넣는 모양이다.

저 세 사람의 **경험점**은 알 수 없지만, 전사와 성녀는 이제 신참이라고는 할 수 없으리라.

저는— 어떤 걸까요?

앞으로 나아가고 있다고, 여신관은 생각하고 싶었다. 옛 동료는…… 그렇게 말해줄까?

한 번 눈을 꼭 감고서, 여신관은 휙휙 고개를 좌우로 흔들었다.

"왜 그래? 아, 정말로 삐쳤어? 미안하다니까. 칭찬하는 거야, 일단은."

엘프 궁수가 자연스런 동작으로 그녀의 얼굴을 들여다보았다.

가까이 다가온 하이 엘프의 눈동자에, 여신관이 안도한 듯 숨을 내쉬었다.

"아뇨. ……아뇨."

응, 그렇고말고요.

"조금 삐쳐 버렸어요."

딱 잘라 웃으며 말하자, 이 연상의 절친은「에엑」하면서 거창하게 놀라준다.

그게 재미있어서, 즐거워서, 정말로 행복하다고 생각해서, 여신관은 키득키득 소리를 냈다.

§

하늘은 어디까지나 파랗지만, 목장의 창으로 보는 하늘은 익숙한 파란색이었다.

파란 하늘을 창 너머로 올려다보며, 팔꿈치에 턱을 괴고 소치기 소녀는 울적한 숨을 내쉬었다.

—삼촌, 걱정하는 건 알겠지만 말이지.

그 다음은 힘들기도 했고, 불안하기도 했고, 한편으로 어쩐지 안심할 수 있는 일들만 일어났다.

도시에 도착해서 보호받고, 삼촌에게 혼나고, 접수원이 걱정해주고, 그를 기다리고, 맞이했다.

그걸로 모든 것은 끝이었다.

식량은 사라졌지만, 삼촌이 재빨리 준비해서 안 늦었다고 들었다.

그 지역에 뿌리를 내리고 있던 음모란 것은 굉장한 모험가가 와서 해치워버렸다고 한다.

모두 본래의 일상으로 돌아왔다. 그는 동료와 함께 모험에 가고, 그녀는 목장에서 살고 있다.

유일하게 문제가 있다면, 삼촌이 당분간 외출을 금지해 버린 것일까?

—이제 그만 배달 같은 것도 해야 할 텐데.

몸이 둔해지고, 살이 찔 것 같아서 곤란하고, 삼촌 혼자서는 힘든 일도 많은 것이다.

물론 삼촌의 마음을 생각하면 고민스럽다. 걱정을 끼치고 싶은 것이 아니었다.

그러나 소치기 소녀의 망설임 속에, 신기하게도 공포 따위는 섞여 있지 않았다.

그렇게 지독한 꼴을 당했는데, 어째서일까……?

—뭐, 생각할 것도 없으, 려나?

소치기 소녀는 볼을 느슨히 풀고 아무도 보지 않는데 몰래 웃었다.

알고 있는 것은 새장 속에서 짹짹짹 지저귀는 카나리아뿐이다.

손가락을 격자 틈에 넣어 콕콕 만져주고, 소치기 소녀는 훌쩍 창가에서 일어섰다.

—좋아, 이러고 있어도 어쩔 수 없어!

"일단, 세탁부터 해버리자!"

자신의 등을 밀어주듯 경쾌한 목소리를 내고서, 그녀는 재빨리 가사를 시작했다.

각자의 방을 돌면서 시트를 벗겨내 한꺼번에 끌어안고, 마당의 대야에 던져넣었다.

이제는 물을 담고서 재를 넣으면 준비 끝.

"으으으."

차가운 우물물에 몸을 떨면서, 소치기 소녀는 맨발로 세탁물을 밟았다.

철벅철벅 소리를 내면서, 꾹꾹 발로 씻어서, 마개를 뽑아 물을 버린다. 이걸 반복한다.

마지막으로 파란 하늘 아래, 마당에 쳐둔 봉에 시트를 걸고 양끝을 팡 기세 좋게 당겨서 끝.

"후우."

소치기 소녀는 풍만한 가슴을 튕기며 숨을 내쉬었다. 이마에 맺힌 땀을 닦았다.

"뭐냐. 젖내가 난다 했더니 제법 살이 붙어 있구만."

"?!"

그때 문득 지독하게 쉰 목소리가 들리자, 그녀는 그쪽을 돌아보았다.

서쪽에서 바람이 불었다는 생각밖에 안 들었다. 기울기 시작한 태양이 있는 방향에서 부는 메마른 바람이다.

그러나 그 바람이 지나갔을 장소에 검고 작은 그림자가 흔들림 없이 머물러 있었다.

그림자는, 어느 정도 세월이 지났는지도 모를 바위나 나무처럼 무시무시한 노옹으로 보였다.

레아 노인이다. 소치기 소녀는 눈을 깜빡거리고 말했다.

"저기, 무슨 용건 있으세요?"

"용건 따위 없다."

노옹은 쩝쩝 지저분한 소리를 내면서 입을 웅얼웅얼 움직이더니, 소리를 내면서 침을 뱉었다.

"이 근처에 말이다. 있지 않느냐?"

"?"

"뭔가 이상한 모험가 말이다."

레아 노옹은 누런 이를 드러내면서, 바보 취급하듯 희미한 웃음을 지었다.

"바보에다 멍청하고, 재능 따위 없고, 지독하게 성실한 근성 정도밖에 장점이 없는 녀석 말이다."

소치기 소녀는 입술을 꾹 다물고 삐죽거렸다.

그 노옹이 누구를 말하는 건지는 알겠지만, 그는 그렇지 않다고 말하고 싶었다.

"우리 집에도 모험가는 있지만, 그런 이상한 모험가 아니에요."

그 말은 소치기 소녀가 생각한 것 이상으로 가시가 돋치고 날카로운 것이었다.

노옹이 「허어」 하고 눈을 홉뜬 덕분에 그녀도 그 사실을 깨달았다. 그다지 좋지는 않았다.

참으로 어린애 같은 태도란 생각에 그녀는 「죄송합니다」라고 입을 열고자— 했는데.

"그래서 뭐냐? 정답게 지내고 있는 거냐? 응?"

그 저열한 말에 담긴 의미를 깨닫지 못할 정도로, 소치기 소녀는 풋풋하지 않았다.

그녀는 수치심에 얼굴을 삭 붉히고 볼을 부풀리며 「아니에요」라고 찌르는 목소리를 냈다.

"그런데 옛날에 말이다. 마법사 영감탱이가 한 말이 있다."

그래서 노옹이 갑자기 그런 말을 꺼낸 것에, 소치기 소녀는 어안이 벙벙했다.

"마, 마법사…… 할아버지요?"

그것은 눈앞의 노옹이 아닐까? 문득 생각했다. 주름투성이 노인이다.

그러나 노옹은 그렇게 생각한 것을 깨달았는지, 기분 틀어진 듯 낮게 으르렁거리는 소리를 흘렸다.

"정말로 중요한 것은, 대모험 따위보다 더 사소한 것이라 했지."

그리고 그 드워프는 말했다.

레아의 노옹이 이어진 말에, 무심코 소치기 소녀는 몸을 내밀었다.

도저히 그런 아름다운 목소리가 아닌데, 어째선지 듣고 싶다고 생각되는 목소리였다.

"사람 안에는, 자신도 모르는 아름다움이 있다고 했다."

쓱 내뻗은 흉흉한 손톱이 가슴에 닿을 것 같자, 소치기 소녀는 무심코 한 걸음 물러섰다.

노옹은 삐뚤빼뚤한 치아를 드러내면서 씨익, 상어처럼 사나운 웃음을 지었다.

"작별이다. 상냥한 서쪽 고을의 갸륵한 아이야. 온 보람이 있었구나!"

그리고 또 바람이 불었다.

"히야."

놀란 소치기 소녀가 무심코 눈을 감고, 다시 떴을 때 그림자는 이미 사라져 있었다.

처음부터 없었던 것처럼. 주머니 속에 넣어버린 것처럼.

"……뭐, 뭐였던 거지……?"

소치기 소녀는 두근두근 세차게 뛰는 가슴을 누르며 깊게 숨을 들이쉬고, 내쉬었다.

그에게 이 이야기를 해볼까 생각했지만, 신기하게도 그럴 생각이 안 들었다.

어쨌든 아주 짧은 일이었다. 바람과 함께 그림자가 나타나서, 또 금방 사라져 버렸다.

이 사방세계에는 흄 아가씨가 생각지도 못하는 일이 수없이 많다고 한다.

지금 그것도 그 중 하나였을지도 모른다.

그리고 그런 일보다도 중요한 것이 그녀에게는 잔뜩 있었다.

"……그렇지, 저녁 만들어야지."

그가 좋아하는, 우유를 듬뿍 쓴 스튜다.

소치기 소녀는 말린 시트를 확인하더니 잰 걸음으로 집안으로 돌아갔다.

냄비에 재료를 넣고, 부글부글, 보글보글, 잘 졸여서 뒤섞는다.

이윽고 달콤한 냄새가 창에서 바람을 타고 떠돌 무렵.

검붉은 저녁의 어둠을 등지고 도시에서 가도를 걸어오는 그림자가 보였다.

멋없고, 볼품없고, 그래도 세상에서 가장 멋진 모습의 모험가가.

그녀는 창으로 보이는 그 모습에 노래를 읊조리고, 문이 열리자 생긋 웃으며 말했다.

"어서 와!"

어제도 세상은 멸망하지 않았고, 오늘도 세상은 이어지고, 내일도 세상은 분명히 있다.

그 이상으로 존귀한 것 따위, 있을 리 없었다.

■작가 후기

안녕하세요! 카규 쿠모입니다.

고블린 슬레이어 9권, 재미있으셨나요?

고블린이 나와서 고블린 슬레이어가 고블린을 퇴치하는 이야기였다고 생각합니다.

있는 힘껏 썼으니 재미있으셨다면 다행이겠습니다.

행운을 얻어서 애니메이션도 만들어 주시게 됐고, 코미컬라이즈도 호평, 그러면 본편도…….

이렇게 이래저래 일을 하게 되어 감사할 따름이지만, 후기도 연속으로 몇 개째.

자, 이제 슬슬 뭘 써야 할지가 고민스러워지고 있습니다.

대도시의 그림자를 달리거나 천사대전을 하거나 하는 것밖에 없는 것 같기도 하고.

어쨌거나 여기까지 온 것도 수많은 여러분 덕분이니, 우선 평소처럼 인사부터.

게임 관련 친구들, 창작 관련 친구들, 언제나 언제나 고맙습니다.

일러스트를 담당해주신 칸나츠키 선생님, 토끼가 귀여운 느낌이라 정말 고맙습니다.

코미컬라이즈의 쿠로세 선생님, 지금 마침 2권의 종반쯤일까요? 굉장하다구……!

정리 사이트 관리인님. 언제나 언제나 응원해 주셔서 정말로 고맙습니다.

편집부 여러분, 언제나 신세지고 있습니다. 이번에도 고맙습니다.

또 제가 모르는 수많은 곳에서 연관되어 주신 여러분, 정말 고맙습니다.

그리고 손에 집고 읽어주신 독자 여러분, 언제나 언제나 정말로 고맙습니다.

더욱이 여러분께서 힘을 보태주신 덕분에, 새로운 이야기를 두 개나 쓸 수 있게 됐습니다.

선전 따위 흥미가 없으신 분도 계실 거라 생각합니다만, 부디 양해를 구합니다.

어쨌든지 여섯 줄 정도 쓸 내용이 생겼으니까요. 이것도 사람을 돕는다 생각하고 어울려 주세요.

하나는 외전 두 번째 작품. 10년 전 마신과의 싸움을 주제로 삼은 『악명의 태도(다이 카타나)』.

그러니까 본편이 전기(戰記)라면 이것은 전설, 뭐 그런 느낌의 이야기가 됩니다만.

그리고 또 하나가 『천하일축 이마가와 우지자네 무용검』.

네, 시대소설입니다. 누구야? 이런 걸 라이트 노벨 신인상에 보낸 거.

최종선고에서 낙선, 에이드리언을 외치고서 한 단락. 뭐가 어찌될지 알 수 없는 법입니다.

더욱이 고블린 슬레이어 10권도 있습니다.

아마 고블린이 나와서 고블린 슬레이어가 고블린 퇴치를 하는 이야기가 되겠죠.

모두 있는 힘껏 썼다고 생각하니, 재미있으시다면 다행이겠습니다.

그러면, 또 뭔가 작품이 출판되면 부디 잘 부탁드립니다.

그럼.

■역자 후기

왔는가, 보디……가 아니라 리더(reader).

그러니까 역자의 견해로는 그 우주전쟁은 본편 6편과 외전 1편으로 깔끔하게 완결이라고 생각한다. WRYYYYYYYYYYY!

하하하하하. 이야, 마침 5부 애니도 방영하는 시즌이고 말이죠죠. 1부에서 유명했던 대사로 후기를 시작해 봤습니다.

왜 느닷없이 이 대사로 시작했는가는 아마 본편을 읽은 몇몇 분들은 눈치를 채셨을 겁니다.

도-모, 독자=상. 오랜만에 고블린 슬레이어 본편으로 뵙는 불초 역자입니다.

어허, 그간 외전이다 코믹스다 외전 코믹스다를 작업하느라 본편은 은근히 오랜만이란 느낌이 듭니다. 사실 그렇게 오래 된 것도 아닌데 말이죠.

그 사이에 작업한 게 몇 개 있어서 그런 걸까요? 하아, 어째서 이렇게 일에 파묻혀 사는가!

그래도 최근에는 밀려있던 일이 소화가 되어서 게임도 좀 할 시간이 생기고 그렇습니다.

다만 일에 치이다가 좀 여유가 생겼다 싶으니까 폭주해서 8시간을 내리 달리기도 했습니다. 분명히 시간도 늦었으니 한 시간 정도만 하고 잘 생각이었는데 깨닫고 보니까 오전 10시더라고요? 신기하기도 해라. 이게 다 X콤 때문입니다! 그놈의 우산 컴퍼니! 헤드샷을 게을리 하니까 그런 사단이 나는 것이여!

저는 반성하고, 그 뒤로는 적절한 선에서 끊고자 열심히 노력하면서 게임을 하고 있습니다. (게임을 그만하면 되지 않나?) 응? 뭐라고 하셨나요?

그렇잖아도 재미없는 삶을 사는 역자의 몇 안 되는 낙을 빼앗으려고 하지 마세요! 게임마저 없다면 역자는…… 후기에 쓸 거리가 없어집니다!(그거냐!)

뭐, 그건 그렇다치고!

세상 살면서 그래도 게임밖에 낙이 없지는 않습니다. 특히 지금은 저겁니다. 극장판 헤븐즈 필 2장이 공개됐으니까요. 1장도 국내 개봉을 했으니 2장도 얼마 안 가서 개봉될 거라 생각하고 있습니다.

1장 때는 특별상영회 정보를 깜빡 놓치고 넘어가버렸습니다만, 이번에는 놓치지 않고 가보려고요. 극장판 애니메이션하고 만화책하고는 들여오는 회사도 다르고 뭐 딱히 애니 수입사하고 접점도 없습니다만, 그래도 만화판 번역을 맡고 있으니까 나름대로 관련자라고 속으로 생각만 하고 있습니다!

그런 의미에서! 만화판 『Fate/stay night [Heaven's Feel]』도 잘 부탁 드립니다! 야호!

그럼 다음에 또 봬요!

고블린 슬레이어 9

초판 1쇄 발행 2019년 5월 20일

지은이_ Kumo Kagyu
일러스트_ Noboru Kannatuki
옮긴이_ 박경용

발행인_ 신현호
편집국장_ 김은주
편집진행_ 최은진 · 김기준 · 김승신 · 원현선 · 권세라
편집디자인_ 양우연
국제업무_ 정아라 · 전은지
관리 · 영업_ 김민원 · 조인희

펴낸곳_ (주)디앤씨미디어
등록_ 2002년 4월 25일 제20-260호
주소_ 서울시 구로구 디지털로 26길 111 JnK디지털타워 503호
전화_ 02-333-2513(대표)
팩시밀리_ 02-333-2514
이메일_ lnovelpiya@naver.com
L노벨 공식 카페_ http://cafe.naver.com/lnovel11

ISBN 979-11-278-5054-8 04830
ISBN 979-11-278-4050-1 (세트)

값 9,800원